U0636728

蒋殊◎著

山西出版传媒集团　山西经济出版社

扫描二维码·听名家演播经典篇目

演播者：杨剑涛

作者与本书最后一位幸存老兵合影

献给最后的抗战老兵

◎代序

这本书要再版了，既开心，又难过。

2015年10月，初次走进这群老兵，他们是李月胜、魏太合、郭贵云、段廷荣、王生怀、郝照余、郝义成、王桃儿、李照贵、李发祥、魏志堂、赵松秀、郝生荣。当初答应他们，要把他们的故事写进书里，书出版后，要一一送到他们手里，让他们亲手从书中触摸到自己与英雄同样光辉的名字。

随后，我从当时唯一的百岁老兵李月胜入手，开始了争分夺秒的行走与书写。一本书，从采访、创作到出版，两年半的时间并不长，然而，书在2018年5月出版后，受访的13位老兵却只有6位亲手拿到我的书。犹记，最初民政局负责此项工作的刘晓维一句叹息："唉，这是一份一年比一年更短的名单了！"

过程中只有我知道，他们的生命不能以"年"去计，这是一份一天比一天更短的名单。

几年来，这些老兵始终伴随着我的工作与生活，更重要的是写作。随着本书进入全国农家书屋，以及讲座、党课、朗诵等多种形式的分享，书中的老兵得到广泛关注。

可是，老兵越来越老。时间进入到2021年时，仅剩下两位老兵坚强活着，一位叫郝照余，101岁；一位叫赵松秀，100岁。然而2022年春节，郝照余终究没能熬到第102个春天，在一个落雪的清晨悄然离去。最后一位老兵赵松秀，以一双模糊的双眼，清瘦的身躯，独自支撑着老兵最后的战场。

这本新书，首先献给他。并纪念逝去的所有老兵以及那些在战争中伤亡的无辜百姓。当然，也要纪念逝去的那个年代！

书中所写的人与事，都发生在武乡。武乡，是一片古老的土地，早在新石器时代就有人类居住，已有7800多年历史；这也是一片苦难的土地，曾经血雨腥风、民不聊生、战火纷飞。这部书，记录的就是离我们最近的一场战争。

武乡，确实是崇武之地，尚武之乡，从汉代便有了传统。一代又一代武乡人，用手中的长矛大刀，击退了一次又一次侵犯与进攻。

从字形上看，武，从止，从戈，止戈为武。我理解为，以正义的战争反对非正义的战争。

战争，必然会产生英雄。而我笔下所写的，却不是战场上就获得功勋的英雄。然而他们与当年那些显赫的英雄一样，都是从敌人的炮火中走过来的，都是从层层叠叠青春的尸体里爬出来的。是无数个他们，用血肉之躯筑成钢铁般的长城，替今天的我们挡了枪，挡了炮，挡了烽火。他们每一个人，同样是应该永久铭刻在历史长河中的铁骨英雄。

他们唯一的幸运之处，是目睹了新中国的强大与繁荣。

我们唯一的幸运之处，是有幸与他们同行一程。

遥想当年，他们本可以像今天的我们一样，温暖地坐在阳光里，安然耕作在田间地头，悠然地享受儿女情长。然而国难当头，这些身无一技之长的农民，放下羊鞭，扔下锄头，走出地头，扛起简陋的枪支，成为冲锋陷阵的战士。这阵势让他们恐惧。然而，刀枪正指向他们，炮火正焚烧他们的家园。于是，抛下小家，保卫大家，便成为他们青春的唯一誓言。还有那些手无寸铁的百姓，放下一切，为前方的战士送上小米，送上布鞋，送上枪支弹药，送上火热的心，甚至牺牲生命，只为将侵略者早日逐出国门。

小人物，大历史。近代的中国，苦难深重。不想挨打，便得自卫，便要还击！没有枪，自己造；没有炮，把敌人的夺掉。抗战这些年，中国伤亡人数达 3500 万以上，约有 900 万人民死于战火，9500 万人民沦为难民。这些无名的死难者，都是无辜的老百姓。中国，以如此伤痕累累的数字在一百多年来第一次取得反对外来侵略斗争的完全胜利。

含泪，为胜利鼓掌。

可是，血泪斑斑的数据，轮番的大屠杀，不能忘。

身上带着伤、心里带着痛的老兵回溯当初，黯然神伤：不想提，不想提了。可是，遗忘的代价太巨大。于是，这些深明大义的老人，擦掉眼泪，一点一滴，忍痛掘出这些关于战争的记忆碎片。他们口述的历史犹如一曲曲幸存者哀悼遇难者的挽歌，又似一纸纸控诉侵略者的罪状。作为记录者，我感受到的是苦痛、耻辱和愤恨，以及战争给他们心灵留下的巨大悲凉。

如今，他们默默无闻生活在这片生养自己的土地上，若不是我

突如其来的到访，他们将永远把这些苦难的往事与不朽的风骨独自埋葬。

2017 年，武乡县民政局幸存的老八路名单为 24 名；2019 年，变为 11 名。

进入 2023 年，只剩最后一名。

他们离去的速度，太惊人。

他们，也足够顽强。一本书，经历了三位百岁老兵。老兵之幸！我之幸！读者之幸！

苦难不能回避，历史必须铭记。铭记，不仅仅只为告慰。而是，让我们避免成为他们。

每当我的脑海再次出现这些老兵满是皱纹的脸庞，他们口述的历史细节就像玻璃碎片一样在我眼睛里折射出民族苦难的光芒。感谢 13 位老兵，让我懂得写作的责任与使命；感谢家乡那片土地，让我明白文字工作者该有的承载与担当。

更促使我手中的笔，无论过去，现在，还是将来，都不能辜负这片土地的沉重，以及那些无辜的牺牲与不幸。历史不应该静悄悄被掩埋在时间的尘埃中，我们更不应该满足于在遗忘中麻木地快乐度日，而应该为那些被战争铁蹄践踏蹂躏的底层人民包扎情感的伤口，把民族的苦难记忆转化为制止罪恶、反对战争的生存智慧与精神力量。

从 2015 年开始采访，到 2023 年本书再版，恰是一个八年。

对中国人而言，八年是一个沉重的数字。假如岁月可以回流，我愿在那八年中，做一名奋起抗战的中国人！

让记忆，反对遗忘！

目录

Contents

目录
Contents

与他最要好的四川籍小战士当年特别想跳进浊漳河里好好畅游一番，可商量好的比拼还没等到，战友却被一颗子弹送往另一个世界。

他勇士一般反其道，逆风而跑，逆流而奔，向着家，向着锅台，向着一碗和子饭，极速奔跑。

目录
Contents

目录
Contents

目录
Contents

“他们都死了，我怎么还活着？”王桃儿的发问，震颤心灵。

突然进入一个梦：一双双手，把他们一个个聚拢，帮他们洗掉沾满血污的脸，给他们穿起一件件新衣，装入一具具棺木。

目录

Contents

等不来的十年

2015年深秋，落叶一路。

从武乡县城一路向东，向洪水镇韩青垴村行进。

之前与武乡县民政局沟通采访对象时，李月胜是负责人用笔划掉的一位老兵，缘由是他年龄太大，腿脚及语言沟通都不顺畅。透过那道黑色划痕，看到他的出生年份为1915年，时年整整100岁，也是那份名单中唯一一名百岁老人。

心内一紧。有些错过，会后悔一生。

当即决定，第一个走进李月胜老人家。

多年了，没领略过浊漳河两岸深秋的滋味。落叶、芦苇、庄稼，在秋风中交替呈现，竞相展现着秋之魅。顺着浊漳河水而下，在洪水镇一处岔道口作别浅浅的河流，自北而上。去往韩青垴村的路弯弯曲曲，但很顺畅干净。尽管是我的家乡，却是第一次走进这个区域——武乡县东部。秋日的乡村路上风景独好，饱满的果实已过了最轰轰烈烈的收割期，只有少量还待在地里，必是家里的主人因事忙碌拖延了带回它们的时间。只剩下秸秆的田地里，散发着淡淡的忧伤气息，满目尽是萧瑟之美。

我在久违里迫不及待，却也紧张心跳。抗战老兵，会以什么样面貌呈现？

院门开处，村支书在，李月胜的女儿在。

炕上，是一个像婴儿般纯净的老人！一顶黑色帽子歪戴在头上，嘴里不剩一颗牙，笑嘻嘻的。那一刻，突然想到我的姥姥。当年，我的姥姥就像他一样，嘴里没有一颗牙齿，笑起来像个婴儿。李月胜的皮肤同样与我的姥姥一样，白白的，很细腻，皱纹极少。看得出，他年轻时有一双好看的双眼皮。坐下来，有一股想亲近他的冲动。

岁月残酷，当月整整满一百周岁的老人听力有了严重障碍。但天真的笑容始终挂在脸上，两条腿伸直坐在炕上，两手放在大腿下，上身前后晃动着，嘴里时而还哼唱一些曲调，像被妈妈关在家的小孩无聊玩耍。

他的云淡风轻，瞬间击碎我一颗汹涌澎湃的心。

山河碎过，重整的疼痛也早已成为过往。每一天，风依然翻山越岭吹进太行山，再贴着浊漳河哗哗流动的水漂向远方。

百年历程，早让岁月抹平，顺着风，顺着水，灰飞烟灭。

突然觉得，还有什么不能化解？

或许是心情好起来吧，李月胜老人看着女儿，突然问：“抽根

李月胜总是忍不住想抽几口烟，请求几次后女儿为他点燃一支，要求他只抽半支。他点头应了

烟吧?”

女儿努力转移：“抽了又要头晕，你看人家这个女娃娃好看不?”

于一百岁的老人而言，我自然是一个女娃娃。于是我们聊天，很大声地，在他的左耳边。

李月胜老人 1938 年 3 月参军。那时候，武乡黎城通往河北涉县的东阳关至响堂铺一带一场战斗正撼天动地地打响，八路军 129 师以 386 旅 771团、772 团，385 旅 769 团三个团的兵力，伏击日军 1 08 师团辎重部队 180 辆由黎城开往河北涉县的汽车。

徐向前副师长对阵森木少佐。

那一场战斗，山谷雷动、硝烟弥漫；包围与突围较量，援救与打援争锋！最终以我方胜利宣告结束，缴获大批军用物资——迫击炮四门、歪把子轻机枪 18 挺、三八式步枪数百支、黄呢子大衣上百套等。万般可惜的是，由于当时没有驾驶员，180 辆汽车在熊熊大火中成为一堆废品。日军 400 多名随车军人，除三十几人漏网外全部被歼。

这场战斗，朱德总司令、彭德怀副总司令、左权副参谋长、刘伯承、朱瑞、徐海东、傅钟、李达等，以及国民党方面的曾万钟、李家钰、朱怀冰、高桂滋、武士敏、赵寿山等 30 多名少将以上高级将领，都在预定参观高地进行了现场观摩。这场历时两个小时激动人心的胜利大战，让国民党将领认识了游击战，坚定了两党合作抗战的信心。

当然，战斗震动最大的是日军 108 师团的“皇军长官”，他们对武乡这片土地与人民的攻势越发凶猛。

绵亘于太行、太岳两山之间的武乡县，再守不住一方静谧。山清水秀的上空瞬间被硝烟笼罩，勤劳朴实的百姓难回家门。

武乡地区的抗日烽火，全面点燃。

23 岁的李月胜，正是风华正茂绝代好年华，从此穿起军装，一头扎进抗战队伍中。关家垴、中条山、围困蟠龙、解放段村、淮海战役……他至今可以历数。所有的惊心动魄，他说得云淡风轻。然而我听得急，问得细，他便淡淡一句：“打过七八十次战斗了，哪儿能记得清！”

70 年的岁月，流走的不仅是时光。

翻开韩青垴村日历，战争年代一页页光彩照人。未穿军装之前，李月胜就是一名民兵，他们的队伍里，还出了个有名的“麻雀战能手”高贵堂。高贵堂与李月胜同村，年龄也不差几岁。1942 年至 1944 年，日本人大规模“清剿”武乡后，高贵堂作为编村武委会副

主任，带领民兵利用当地沟壑纵横的有利地形，广泛开展麻雀战，与敌人进行了大小战斗 140 多次。那时候，太行山区的崇山峻岭间，到处都有高贵堂们的身影，他们经常利用熟悉的地形，翻山越岭，暗中袭击敌人，掩护百姓，有一次还虎口袭敌为八路军夺得 20 驮棉花。

时势造英雄。那个枪林弹雨的乱世，成千上万的群众和民兵，在这个太行山区的小县里，利用筑起的新工事——地沟、暗堡、冷枪洞，与攻进来的敌人进行了一轮又一轮激烈斗争；一批又一批百姓扔下锄头，举起刀，端起枪，冲锋陷阵。杀敌英雄郝狗小、少年英雄李爱民、孤胆英雄程坦、视死如归张瑞林、坚强如钢武三林、大胆杀敌郑孟孩、虎口救人任胖则等英雄人物名震太行，万世流芳。

太行山、浊漳河，都是武乡的守护神。那个年代，滔滔浊漳河水汹涌地怒吼，每到夏秋之季，更是洪水暴涨之时。这个时候，当地民兵就会充分利用家门前河水的优势对敌作战。当时，李月胜村子所在地有一个闻名当地的暴庆堂中队，1942 年 9 月的一个上午，他们忽然闻听，一股敌人从襄垣牛郎沟里出来，准备从北口渡过浊漳河，企图偷袭武乡西川、下北漳一带。

浊漳河怒了。

李月胜老人挥着手说，小日本要进犯我浊漳河水，还不是对手！

果然，当十几个鬼子被命令脱掉衣服，互相用绳子串起来，头顶着衣服枪支下水渡至河中央时，河岸这边的暴庆堂中队已经精确瞄准。敌人进不能，退不得，挣扎着一串儿倒在水中。岸上的敌人想出手帮忙却不能，只好一边还击，一边逃窜。

在今天，这些成了故事的事件听起来妙趣横生，李月胜老人也说得咯咯直笑。然而当年的烽火岁月，他这个响当当的军人，浑身上下的弦可是绷得紧了又紧。

一入伍就被扔进枪林弹雨中。两年之后，李月胜已经成长为一名合格的八路军战士。他在部队是机枪手，最大的官做到排长，可他记不清是哪一年。不管怎么说，当年这个年轻的八路军战士领导着三四十名同样从各个村庄聚拢而来的年轻军人，蹚泥水、钻沟壑，击退了一批又一批入侵的敌人。

1940 年深秋，著名的关家垴战役进行之时，李月胜跟着 769 团 1500 多人就集结在关家垴西北的洪水镇中村一带参战。他说，战争场面，就如人们在电影电视里看到的一样惨烈。只是作为战士，他们没时间犹豫，没时间迟疑，念头只有一个，就是冲！就是杀！就是打！前面的倒了，后面的补上；一批人倒下，又一批人冲上去。

怕是什么东西？死是什么概念？

走上战场，就时刻准备着牺牲。

769 团三连连长李长林、神炮手赵章成、三营营长马忠全、通信员何云志等英雄，以及二营八连连长王恒忠等烈士，在那场战争中都成了后人应该铭记的英雄。

李月胜老人起初说他在部队打了七八十次仗，其实是错误的。据记载，仅蟠龙一地的五个月当中，我军与日军的交战就达 89 次。

老人磕磕绊绊回忆，蟠龙围困战，历时八个月零 14 天，共歼敌 2100 多名，伪军逃跑、投诚者 240 多名。后来，被我军俘获的剿共军第一师副师长段炳昌在写给师长赵瑞的信中发出这样的哀鸣："原以为大军所至，'匪共'胆寒，民众依归，事实殊出意外，至今民众屡召不返，治安更风雨飘摇，前途困难重重……"最终，侵占

武乡蟠龙达八个月之久的敌人在我广大军民的包围之下，被迫于1944年8月28日像过街老鼠一样偷偷溜出小镇，狼狈逃回段村，粉碎了当初想劫取柳沟丰富煤铁资源的野心。

在蟠龙镇召开的万人庆功祝捷大会，像文字一样铭刻在李月胜老人心中。

“人山人海，锣鼓喧天。”今天，老人只能一遍遍重复这一句，来抒发他记忆中的美好心情。769团六连被选为“围困蟠龙模范连”；五连二排排长王凤才，14团营长钟明锋、排长靳小瑞，关家垴民兵关二如，马家庄民兵指导员马应元，被选为太行区一等杀敌英雄；韩壁村农会主席韩国栋、树辛村李马保被选为模范抗日干部；窑上沟民兵“张家班”、秦家烟村李家两兄弟、“地雷大王”王来法、菜刀英雄李庆和、推鬼子落井的郝贵堂等被选为名震太行的抗战功臣。

被裹在人流里的李月胜忘记了负伤的疼痛，用声嘶力竭的欢呼庆贺着队伍的又一次成功。

曾经战场上杀气腾腾铁一般的军人，今天炕头上喜眉善目如孩童般的老人。再怎么联想，也难以叠合为一个人。

于是，总想和老人聊聊当兵时的心情，总觉得战争对于年轻的他们来说是件可怕的事情。

“怕也是个怕。”李月胜老人呵呵一笑，轻薄的身躯前后晃动着，“当兵还怕死？怕死不当兵。”

当兵就要受伤。李月胜老人解开身上的黑色夹袄，左胸是一片大大的疤痕，左乳头已经没有了。这一片伤，就是当年攻打蟠龙镇时留下的印痕。而他最重的一次受伤，是在解放战争中。1946年的一天，趴在地上的他正全神扫射，却不料对面飞过来一颗子弹从右肩膀穿进，并无情地一路深入，直抵达他的右腰，深深卡在身体中。而因为当时医疗条件有限，导致这颗子弹竟然在他的身体里住了整整 11 年。直到 1957 年，家里条件渐渐好了一些时，老人才去长治做了手术。

曾经一颗冰冷的子弹，最终带着老人的温度摆在和平年代的阳光里。我没有忍心问老人面对这样一颗子弹的心情，但可以想象他当时一定管不住平静了多年的一颗心。

一百岁的李月胜老了，早已不能自己行走。女儿说她在院子外面做饭时，父亲总想出去看她，看不到，就将脸贴在窗玻璃上努力张望。女儿怕父亲不小心摔下地，就时时举着一双沾满面粉的手一遍遍跑进来看他，像当年看护自己的孩子一样。

那年，女儿已经 55 岁，是丢下阳曲县自家的事情，专注回到韩青垴照顾父亲的。老了的父亲，只愿意生活在自己家乡的土地，坐在自己家的炕头。

李留萍，是李月胜唯一的儿女，也是他的养女。李留萍出生 20 多天就来到李月胜家，那一年，李月胜已经 45 岁。之前，李月胜的爱人生过几个孩子，但都在出生不久夭折了。李留萍来后的第三年，母亲又怀了最后一个孩子，没想到次年却因难产而死，大人孩子都没保住。李留萍说从此以后，父亲就又当爹又当妈，与这个唯一的女儿相依为命。就连女儿当初坐月子，都是当爹的伺候。无法想象，战场上拿惯了枪支、田地里握惯犁耙的男人，如何站在灶台前给女儿熬稀饭，做面条，给襁褓中的婴儿洗尿片，清理卫生？

“我爹可细心呢。”女儿说起父亲，泪光盈盈，“一生受了太多

2015年，百岁老兵李月胜嘴里没有一颗牙，看上去像婴儿般纯净

苦痛。”

脱离了子弹天天在身边飞的日子，回村后的李月胜当上村干部，负责组织与宣传工作。虽不必担惊受怕打仗了，可村里的事也不少，起早贪黑地，半夜三更背着幼小的女儿开会也是常有的事。

“种地好，就是辛苦；当兵也好，就是要命。”回望百年人生，李月胜脸上只剩不见风不见雨的笑容。

感谢生活，让李月胜老人满心满脸阳光明媚。

“你看天气多好，暖烘烘的。”他指着窗外的阳光说。我突然明白，只有经历过背着枪支怀揣地雷在雨水泥泞中浸泡的苦难，才会倍加珍惜与感恩生活中的每一份温暖与灿烂，哪怕只是一缕阳光。

尽管，他如今因前列腺问题经常尿不出来。女儿说用肉眼就能看到里面是肿的。老人还便秘。天天按摩，也成了女儿必做的大事之一。

纪念抗战胜利70周年时，李月胜老人被接去县里的光荣院，受到中央及省里民政部门领导的接见。回来后，老人高兴了许多天。

为啥高兴？他说见到老兵，见到首长；知道为啥被接见吗？他说给国家办过好事情，打过日本人呀！

老人家的内心，依旧是抑制不住的兴奋。

不禁有些疑惑，老兵李月胜，内心真的没有计较的事情吗？

果然，他收了笑容，盯了我问："为什么不让我去天安门广场？"

这突如其来的一问，让我措手不及。什么意思？老人是没有去过北京吗？问过女儿，果然是。可是，他为什么问的不是北京，而是天安门广场？

疑惑之际，女儿过来，挽着他的左胳膊，贴着他的左耳朵大声说："爹，好好再活十年，到时候，咱一定报个名，去一趟天安门广场。"

好不好？

老人点头，好！

看到此景，突然明白了。彼时，是2015年10月。刚刚过去的9月3号，一场"纪念抗战胜利70周年"大型阅兵式在天安门广场举行，参加阅兵的老兵方阵中，包括五位武乡籍抗战老兵。

那一天，曾经的抗日战士、今天的抗战老兵李月胜，一定早早坐在电视机前，全程观看了这场直播。他一定是看到老兵方阵出场了，他一定是得知家乡的老战友到现场了，他一定是激动万分、心潮澎湃了。他一定是觉得，自己也可以再一次穿起军装，再一次别起军功章啊；他一定是希望，也能再一次庄严地举起右手，向亿万电视观众敬下一个神圣的军礼啊！

可是，为什么不让他去天安门广场?

老人的眼里，含着淡淡的忧伤。于是急于找一个愉快的话题，让老人开心。然而仅仅一两分钟，老人再次停下来，再次盯了我问：“为什么，不让我去天安门广场?”

我知道，他无数次问过女儿这个问题。然而这一天面对我这个从外面来的人时，他忍不住产生了新的希望。

没有别的答案，我只能学着他女儿回答他，“大爷，我们再活十年，等纪念抗战胜利 80 周年时，我们一起努力，带您去天安门广场!”

好！好！好！这一次，老人一迭声说了三个“好”！久违的笑容又回到脸上。

老人信了，所以笑了，我的内心却哭了。

我不知道，一个百岁老人，再活十年的可能性有多大?

果然，仅仅半年后的 2016 年 4 月，老兵李月胜便永远离开这个世界，随他一起离开的，还有一生中最后的遗憾。

永远的高地

李月胜老人的讲述里，断断续续描述了他参加过的关家垴之战。他眼见的，只是小小一角，关键词只有一个：惨烈！前所未有的惨烈！

那个大片大片倒下人的战场，到底是什么模样？

深秋的萧瑟里去这样的地方，心都带着凉意。沿着蜿蜒的山路，一路攀上。走走问问，终于上到关家垴这座高地。车子裹着尘土远远停在宽敞地带。人下车，沿一条极窄的乡间小道继续向前。越上越高。无处再高时，听到人语。地头收玉米的村民抬起头来，指指左手边：走下去就是。

一个高高的山冈，肃穆，静谧，风景秀丽。

一个孤独的山冈，有风声，有疼痛，有低语。

关家垴战役纪念碑　　　　(李晓斌 摄)

前行、向下、左拐，看到空中高高的纪念碑。一棵树，是它的伴侣。红砖砌的墙体，把旷野挡在外边。走近，一米多高的杂草随着脚步呼啦啦响起。忽然就不敢前行。长眠的英雄，有没有被这声音惊得睁开眼？

几块新旧不一的碑记与牺牲者名录，镶嵌在碑体下面。

风，呼呼吹向这个山岭起伏、沟壑纵横的高地。放眼四望，一片空寂。

犹记，采访92岁的抗战老兵魏太合时，他提到关家垴战役时的哀伤。他对这场战役最真切的印象，便是“满目的尸体”。他说那是1940年10月末，一个冷风冷雨的秋季。他在战斗结束后以386旅老二团后勤战士的身份去了战场。他的任务，是登记牺牲战友的身份与姓名。

硝烟散尽，高地归于宁静。然而满目依然温热的尸体告诉后来人，这里刚刚上演了飞机轰炸、炮击、机枪扫射、拼刺刀等多种作战手段汇集的大决战。鲜血，碎片，横七竖八，姿态各异。没有时间悲伤，没有空隙思索，后勤战士们将阵亡战友衣臂上一个个“八路牌牌”撕下来，郑重地握在手里。从此，他们的身份只剩下一个名字。然而，还有许多战士是不幸的，因为他们身上已经没有了完整的手臂，他们，被无情的炮弹击得支离破碎。

没有人知道，他们姓啥名谁。

他们离开这个世界的方式，令人心碎。

不亲历，永远想象不到战争的残酷。魏太合讲一句，唉几声。脸上的表情瞬间回到70多年前。听他讲述之前，我画面中出现的关家垴，是无数战士随着冲锋号奋勇向前的汹涌画面。他讲述之后，关家垴顷刻化为一片血海，一地血肉之躯。

1940年，那个秋风渐深的10月29日，日军36师团冈崎大队500余人在扫荡途中，误闯黄崖洞兵工厂。尽管日军不知道他们进去的是八路军重要的兵工厂，但我军得知情况后却惊诧万分，迅速调集大部队前往堵截。

双方谁都没想到，接下来将拉开一场惊心动魄又无比惨烈的战斗。

并未有所发现的日军从黄崖洞出来，准备取道武乡回沁县时，发现被团团包围。仓促之下，选择拐上山脊上的关家垴，并迅速占领了山顶高地。

抗日历史上这个重大的事件，因了这个拐弯，拉开帷幕。

这平凡的一个拐弯，拐得山摇地动，山崩地裂。

关家垴村，处在半山腰，村中散落着50来户人家，180多口人。500多日本人的进驻，迫使他们离开家园，逃进更深的山中。日军像主人一般，占领了他们选中的院落，并迅速构筑起工事。他们挖下一条又一条土沟，拆下老乡的门窗架在上面做掩护，还利用山顶上的坟包筑了机枪阵地。同时又派出100多人夺占了西南方向距关家垴约一里多地的柳树垴（顶部称凤垴顶），使得两处高地互为依托呼应，一开始就给八路军埋下攻克难题。

最先，是八路军769团1500多人集结在关家垴西北的洪水镇中村一带备战。形势危急，彭德怀副总司令也从13里地之外的八路军总部砖壁村赶来亲自指挥，就此拉开关家垴之战。

指挥所，是一处坟地。周围耸立着几棵大树，树叶被惊得哗哗作响，连尘埃都沉浸在肃穆里。

电视剧《亮剑》中，李云龙独立团围歼日军冈崎大队的李家坡之战，历史原型就是百团大战中的关家垴血战。

日军将关家垴称为文德高地。29日晚，彭德怀指挥129师主力10个团将冈崎大队包围，385旅和新10旅，386旅与决死一纵队38、25团，总部特务团，总部炮兵团山炮连，齐聚关家垴周围，在刘伯承、邓小平、陈赓、彭德怀四员大将的亲自指挥下，拟于30日凌晨四时发起总攻。

然而总攻前，冈崎大队突然抢占柳树垴，我军因疏于防范致使一个阵地失守，随后四次冲锋均被击退。日军以两处制高点互为犄角，固守待援。30日凌晨四时，我军按原计划向敌发起进攻，然而战斗一开始就不顺利。因为日军用机枪和掷弹筒封锁了仅有的一条通往高地不足一米宽的路，担任主攻的一个营仅剩 80 多人。此时敌机又来猛烈轰炸严重缺乏对空作战准备的我军阵地，一颗颗炸弹在密集的人群中爆炸，一批又一批战士倒在血泊里。陈赓预料到情况不妙，请求彭德怀停止围攻、撤出战斗。然而彭德怀决心不改：“拼光了也要拿下关家垴。”

关家垴愤怒地呐喊着、嘶吼着、呜咽着，盼望着尽快冲出枪林弹雨。

下午四时，第二次总攻开始。在连续 18 次冲锋后攻占了日军第一道防线，然而代价惊人，有一个营仅存 18 人，团长谢家庆牺牲。特务团第 11 连 164 人仅剩 15 人；新 10 旅旅长范子侠负伤。此时刘伯承、邓小平再一次要求停止攻击，倔强的彭德怀却火冒三丈地说：“拿不下关家垴，就撤掉 129 师的番号，杀头不论大小。”

10 月 31日拂晓，我军第三次总攻开始。这一次终于利用挖掘的暗道冲上山顶，把日军挤压到一个狭小地段。然而关键时刻却遭到风垴顶日军猛烈的侧射火力。

直到下午四时，战斗还在僵持。

裹在尸体中无法得到救治的伤员，左转是血，右转还是血。只能看着被硝烟笼罩的天空，眼睁睁等待热血流尽。这些翻山越岭扛着枪一路战斗到此的小战士，一颗颗心在太行山深秋的冷风里一点点停止跳动。

此时，有消息传来，武乡、辽县约 2500 余日军已经出动，他们的目的，就是围歼 129 师主力。怀着一腔怒火要拿下这场战斗的彭德怀元帅也只好长叹一声，下达了命令：撤离。

先后参加过土地革命战争、抗日战争、解放战争和抗美援朝战

争，身经百战、战功卓著的李德生将军，当时是129师385旅769团副团长。10月30日凌晨四时，他带领一个营的战士在陡峭的土坎上凿出一条小路，爬上高地，消灭了20多个敌人。然而也遭到日军来自天上地下的猛烈火攻。他们当时处在光秃秃的土坡上无处藏身，伤亡极其惨重。60年之后的2005年，90岁高龄的他提起当初，依旧泪流满面，恸哭不止，长久无法平复激动的心情，只能用“太悲壮”几个字沉痛讲述那个场景。

硝烟，慢慢散尽，向着死寂的四野。三天的电闪雷鸣，顷刻归于平静。然而关家垴不再是三天前的关家垴。关家垴这片高地，成了烈士的墓场，英雄的高地。魏太合看到的，就是这样的场景。

彭德怀在多年以后的自述中坦陈，关于这场战争，“我也有些蛮干地指挥……因部队太疲惫，使战斗力减弱了，使129师伤亡多了一些。这些后果的责任，是应当由我来负的”。他亲手写下“烈士之血，革命之花”八个大字，长久镶嵌在纪念碑上，以表内心深深的敬意。

李德生多年以后在接受武乡县八路军太行纪念馆第一代讲解员崔韶光采访时也大赞，彭老总不愧是老一辈无产阶级革命家，对关家垴之战多次做过检讨，后悔当时的指挥不当。

战役的前一年秋天，刘伯承、邓小平就曾到村子侦察过地形，并在村里住了三天。当时两位首长鼓舞人心的话语深刻地印在每一位村民心中。因此尽管这是一场前所未有的惨烈之战，这个小小的村庄却没有躲起来哭泣。以民兵关兴河为首的村民，从头至尾英勇参战。关兴河一年前就在一次反扫荡中亲手炸死十多个敌人，名字也上了太行小报，被冠以“猛张飞关兴河”以及“杀敌英雄”的光

荣称号。以至于气急败坏的日本鬼子，把他的容貌画成画像以千元日币悬赏捉拿。抓不到关兴河，日本人便在关家垴战役中把他的父亲活活刺死。我走进关家垴村那天，恰好遇到关兴河的侄儿关红田。他说关兴河当时只匆匆把父亲埋在一处水渠边，战争结束后才回来重新埋葬了父亲。关兴河后来到榆次经纬厂当了书记，并从这个岗位离休。

那一年，村里还有一个 13 岁的少年热血沸腾，一次次要求参加民兵而不成，无奈之下偷偷蹲在民兵演练队伍旁边，一个人跪下、起来、瞄准、射击，用一支从窑洞里挖出来的破枪不停苦练一个军人应该具备的本领。这场战斗结束后，他主动跟着村里人，从沟里背回三个伤员。

关家垴战役之后的第三年，这个年仅 15 岁的少年终于如愿参加

俯瞰关家垴村　（李晓斌 摄）

了民兵组织，成了这个村庄不得不提的一个人物——神枪武状元关二如。由于基本功扎实，成绩显著，18 岁便加入中国共产党，19 岁被评为武乡（东）县民兵杀敌英雄，20 岁在太行区首届群英大会射击比赛中夺得头名状元，被评为太行腹地一等民兵杀敌英雄。李达司令员连连称赞："十年后，关二如同志不知要指挥多少队伍呢！"

1943 年 7 月 18 日深夜开始的决战蟠龙战斗中，关二如发挥了不可小觑的作用。当时有 500 多个鬼子从洪水河滩下来。听到消息的关二如与中队长带领十多个民兵跑到山下的中村。关二如通过侦察看到，走在队伍最前头的是个骑洋马的指挥官。等对方走到距他 200 米左右时，只听"砰"的一声之后，洋马倒地而死，指挥官一头栽到地上爬起来就跑。769 团六连三排排长边喊"向二如学习"边带着队伍向前冲。随后他又带着队伍到蟠龙附近，将在河里洗澡的鬼子打得衣服顾不上穿便逃走。八月份，他再一次在村边圪梁上打死两个日军。之后一次又一次，他带着民兵抢粮、护粮，营救被捕的村民，让敌人恨之入骨。敌人在又一次包围了关家垴村之后，将他的哥哥杀害。伤心欲绝的父亲甚至劝他："孩子，家里就剩你一个了，长些心眼儿，不要干得太厉害。"关二如却说："俺哥死了，更应该给他报仇!"

抗日战争胜利后，他带领全区 100 多名青年民兵参加了上党战役，先后任班长、排长、连指导员。然而在 1948 年 12 月 8 日参加淮海战役马围子口战斗时，他未能再一次突围，壮烈牺牲，年仅 21 岁。

他没有等到，李达司令员说的"十年之后"。

今天，他的神枪手锦旗收藏在国家军事博物馆。枪与烈士证，被送回关家垴村。然而英雄的尸体，却永远留在异乡的土地。

就如关家垴纪念碑前，那一行行陌生的名字，刘成福、王金安、崔士俭、邱元英、袁青山、张金喜……这些烈士分别来自四川、安徽、河南、山东、陕西、河北、甘肃，以及山西武乡、大同、昔阳、长治、壶关、沁源、晋城、平定、陵川、屯留、襄垣、长子、祁县、榆次、和顺、高平、潞城、阳城、阳曲等地。正如魏太合说的，这些被留下来的名字，是不幸中的幸运者。还有无数烈士，走得无声无息。比如 1940 年 10 月 30 日深夜，被日军飞机炸得血肉横飞的那一大批战士。去哪里寻得他们的身份与名字?

走进关家垴村 72 岁的原乡干部关二川家，炕上竟然摊放着百团大战的书籍与杂志，以及一些手记，看得出在我们进门时他刚刚从这些资料里起身。他说，当年关家垴战役结束后，其实是挖着七八

十米长的壕沟，把烈士分上中下三层。“像埋萝卜一样，放一层埋一层土。”他这样形象地比喻。有幸留下“牌牌”的每个人，身边都插着牌子，清晰地记着名字籍贯。

埋葬的过程中，有一件流传下来的事，一听便要落泪。其中一个墓坑正在埋葬时，从远处跑来一位年轻的战士，他盯着坑道里看了好长一阵之后，突然“扑通”一声跪倒在正在埋葬的战士脚下，泪流满面。众人惊诧间，他开口了，请求大家将放在最下层的战士尸体移在最上层，“因为，他是我弟弟”。此刻大家才明白，这位战士来自安徽，亲亲的兄弟二人，一路跋山涉水从安徽来到山西，来到武乡，并肩战斗。尽管一次次受伤，但也一次次凯旋。然而关家垴战役结束之后，哥哥却满场找不到弟弟了。他在活着的战士中找，没有；在倒地的尸体中找，没有。最后他疯了一样在正埋葬的一个个墓坑中找。幸运的是，他最终在这个还没有埋起来的墓坑中看到刚刚被放在最下层的弟弟。众人合力将他的弟弟从最下层移在最上层。兄弟二人近在咫尺，可彼时，哥哥能做什么呢？他唯有伸出一双满是污垢的手，将弟弟一张满是血污的脸擦拭得尽量干净一点，将弟弟一身已经被鲜血浸染得看不出颜色的衣服尽量抚得平整一点。他能做的，只有以这样的方式让弟弟尽量体面地上路。他以自己的方式，用子弹在弟弟身体旁做下标识，之后默默给弟弟许下一个承诺：“我一定努力活着，努力战斗！如果我有幸活到这场战争结束，不管走到哪里，不敢打到哪里，我一定再回到关家垴，把你带回家，带给爸爸妈妈……”

听到这个消息时，抗战整整结束 70 年了。今天不可能从任何文字资料中得知安徽两兄弟之后的情况，因为他们都是普通战士。然而采访时，我还是得到一个消息，关二川说，抗战结束后来过很多烈属，但是一拨拨来，一拨拨失望而去，只有两个烈士的遗体被带回，其中一位来自安徽。

说实话，这个消息让我欣慰，甚至惊喜。我宁愿相信，那位被亲人寻回的战士来自安徽。如果是这样，他的哥哥一定战斗到最后，一定活着回到关家垴，一定兑现了当初的承诺，将弟弟带回家。

战争远去，亲情永存。千里迢迢来到这里的烈士后人，就是想寻得详细、再详细一些，然而却要一次次失望。十几年前的一个清明节，河北沙河市一位90岁的老人来到关家垴纪念碑下。抗战爆发时，她亲手将自己的儿子靳振武送进八路军队伍中。然而抗日战争结束了，儿子没有消息；解放战争结束了，儿子没有消息；抗美援朝结束了，儿子还没有消息。妈妈从中年等到老年，走向暮年，把寻儿子当成一生最重要的事。是啊，哪怕只剩一把尸骨，他也希望能回到妈妈身边。老人有幸健康活到90岁，也有幸再一次得到儿子确切消息，于是立即在家人的陪同下前来，带儿子回家。然而在关家垴高高的纪念碑下，陪同她的民政局负责同志却告诉她：“老人家，这是不可能的事情了……”

老人惊了，老人愣了，老人怒了，为什么，为什么?!

关家垴，就是一处高地，一处旷野。抗战结束后，几乎没了人烟，但是有许多动物出没，用村人的话说，那些当时匆匆埋起来的墓坑后来“狼拖狗拽的，分不清谁是谁了”。无奈之下的村民，只好在多年以后重新挖了一个大坑，把当初有名字的、没名字的，做了标识了、没有标识的，全部埋在一起。

今天上到关家垴战役现场，平展展的，看到的只有高高的纪念

碑。周围有树木，有荒草，有庄稼，然而谁都想不到，脚下的每一寸土地，都有无数烈士的英魂。

90 岁的河北老人听到这样的解释，在纪念碑下失声痛哭。哭过之后，深明大义的老人沉痛地留下一句话："还是，让他们在一起……"

老人知道，儿子生前，每天与战友整齐列队，一起出征，一起打仗。今天在异乡这片土地上，儿子虽然回不到家，但依然不孤独，他与他的战友，依然保持青春的面孔，依然是青春的激情，肩并肩，手牵手，整齐列队，在一起。

妈妈!
那一定是你
我听到了
那手工的绣花布鞋
踏在地上的声音
从襁褓时开始就听着
一直听到穿上了绿色的军装
当我在军营的梦乡中醒来
仿佛有你轻轻的脚步来到我床前
准备给我盖上裸露的手臂
…………

妈妈
我多想对你说

我倒下的时候
我的枪刺
指向敌人阵地的那边
妈妈
我多想向你证明
我，作为一名军人
没有给你丢脸
…………

妈妈
我不求再有什么额外的照料
一声“烈士”已经足够
我只求下个清明
我的妈妈
能够再来抚摸我的墓碑
…………

这是一位网友为老山前线牺牲的英雄赵占英写下的，他的妈妈因没有路费，时隔20年才去到儿子墓前。河北这位老人，更是等了60多年。

关家垴纪念碑下长长的烈士名单中，我一行行寻找着。终于，“靳振武”三个字出现在眼前。他1924年3月出生在河北沙河大油村乡大油村，1940年5月参加八路军，是129师385旅769团三营十连七班的一名战士。牺牲时，年仅16周岁。

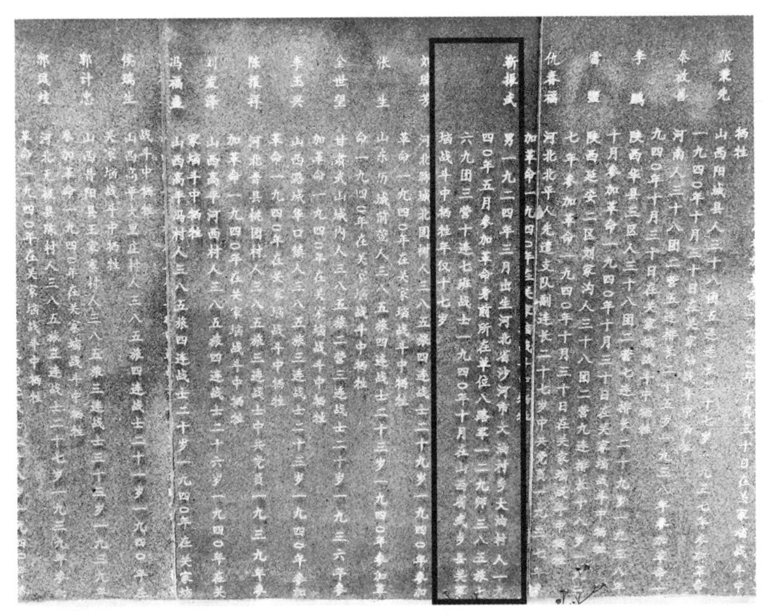

图中框内，就是靳振武的一生记录

五个月当兵的历史，穿一双草鞋从河北走到山西。**16 岁，还是一个孩子，然而 1940 年秋天的靳振武，已经以一个英雄的形象，高高矗立在关家垴这片高地**。

还有多少战士，眼巴巴等待妈妈出现？还有多少母亲，一生寻儿杳无消息？想起关家垴村民说，日本阵亡士兵，全部被砍走一只右臂。后经过了解才知道这是日本的风俗，据说战死官兵的灵魂，可以通过一只手臂返回故里。

是呀，他们的故里，同样有等待的妈妈。

当年的日兵荻岛静夫在 1937 年 10 月 9 日的侵华战争日记中曾这样写道：

整个联队只剩下两三百人了，死者的遗骸散于泥泞的田野中。

看到身边所发生的一切，心中油然而生的只有等死的悲伤。

虽然自己在九日的上午还健康地活着，可是什么时候是我的死期呢？

母亲啊，阿正、阿新啊，再见！

10月20日，他又记下：

昨晚，梦见故乡，还梦见唱了一场戏，真是太高兴了。

躲过一次又一次炮弹袭击，在战场上侥幸熬到1939年。他又在4月2日的日记中感慨：

今年不能赏花了。离开祖国这一年半枪林弹雨的生活，化零为整地算来三年时光就这么过去了。在我的一生中，二十九个春天已经飞逝而去。虽然不到半生，作为单身也比较悠闲。但是为前面的人生道路着想，也该成个家了。当我静下来的时候，特别想早一刻回到故乡去。可是这到底要等到什么时候呢？作为编入预备役人员的东京人来说，我对部队的生活已经感到厌倦了，只是我不会把这一想法经常挂在嘴上。

荻岛静夫，在中国这个战场上提心吊胆付出了三年“青春晚

期”。很幸运，他在战争结束前平安返回故乡，回到母亲的怀抱，如愿看到他的弟弟阿正、阿新。然而有多少像他一样的士兵与军官，被匆匆火化、埋葬在中国这片遥远的土地上。

这就是战争带给普通百姓难以愈合的伤悲。

脚下这片土地，一寸一寸，尸骨遍地。你不知道，哪一脚便踩着一个战士的身体。想着想着，风便来了，呜呜咽咽。

英雄需要铭记。民国三十六年（1947 年）5 月 1 日，在关家垴竖立的“殉国烈士碑记”，由晋冀鲁豫军区第三纵队修械所所长杨富荣以及指导员、工会主任及委员负责筹建。杨富荣原是太行三分区炸弹所的修械人员，该所于 1939 年秋在武乡县石板村筹建，之后因战争原因几经迁徙。1945 年日本投降后，抽出 30 名修械人员组成随军修械所，杨富荣任所长，关金云任指导员，当时就暂住在关家垴村。日本人走后，由他们在这处高地上，率先竖起一座纪念碑。

1950 年 8 月 25 日，关家垴村全体干部群众再竖烈士纪念碑。

今天看到的纪念碑，是进入 21 世纪之后再次新建的。

今天的关家垴战役现场，已经成为太行干部学院重要的教学基地，当年日军修筑的工事，也已经在专家的指导下进行了恢复。看过之后才知，当年日军在仓促间构筑的防御工事多么科学，也就明白了当初在敌我战士数量如此悬殊的情况下，为什么三天三夜也没有打赢。

好在，英雄被一代代铭记。

有战士身体的滋养，关家垴纪念碑周围草木茂盛，庄稼饱满。

再一次离开此地，太阳即将下山。又一个夜，就要来临。除了虫鸣，除了偶尔的风吹草动，还有什么陪伴英魂？

好在，就如河北 90 岁的妈妈说的一样，地下的战士依然是庞大的队伍，依旧是青春的面孔。他们依然相偎相依，手拉手，肩并肩，整齐列队。**他们以沉睡的方式行进了 70 多年，还将以年轻的面庞，热血的姿势，整齐划一的步伐，继续行进下去。**

“妈妈属兔儿，爸爸属狗儿”

惨烈，不只发生在关家垴那样的战场。更多的牺牲，并没有硝烟。

沉静的死，更虐人心。

处于武乡县西北45公里处的南关村，几乎位于武乡县最西端。一辆辆货车从村子边上的208国道通过，打破了村庄从前的宁静。如果不是事先了解到那么多故事，这个村庄就与其他任何一个村庄一样，没人会联想到沉重。

抗战时期，南关是位于武乡、祁县、平遥三县交界处的一个大镇，是日军设在晋冀豫地区最大的兵站。1938年春，八路军进驻南关村，开设了地下工作联络站。次年春天，日军占领了南关一带，镇上最多时驻有日伪军400多人，还存放着大量弹药与其他军用物资。

较量的烽火，就此开启。

1943 年 5 月 11 日拂晓，从沁县调来的 50 多名日本兵与伪军悄然包围了南关火车站与南关村。事件的缘起，是 4 月下旬八路军 129 师主力一部配合当地内线工作人员及南关村民兵，里应外合袭击了南关火车站。白晋铁路白圭至南关段自 1939 年 10 月 13 日竣工后，南关就成为日军侵略晋东南地区重要的军事物资转运基地。但仅仅第四天，129 师 386 旅就攻入南关，烧毁了日军车站及敌军装万余套，毁掉电台两部，炸毁铁桥一座。11月 5 日，386 旅 772 团郭国言部再次奇袭南关成功，炸毁汽车十余辆，歼敌 100 余人，缴获电线千余斤，摧毁铁桥一座，缴获大批棉衣及子弹。

我毁，敌修。一直持续到 1943 年。这年春节刚过，南关村地下党组织再一次把枪口对准南关火车站，不仅打死打伤车站值班的日伪军，还缴获了车站仓库的物资，捣毁了车站部分设施，再一次沉痛打击了敌人的嚣张气焰。

于是在这个 5 月 11 日清晨，日军集结力量，杀气腾腾带着仇恨而来。

一个罪恶的清晨。村民还未反应过来，便有青壮年 360 多人被捉拿，全部被带往南沟伪政府进行审问。在汉奸的指认下，在南关火车站工作的孙汉英、崔秉礼、孟立忠、孟贵元、崔旭生、唐详忠、李祥儿、李六儿、李尚齐、李尚连、郭留祥、姬景华、贾旭奴、郭振祥、郭珍祥、王留海、郭志川、郭二则、郭守师 19 人，被分别关押在日军南沟及分水岭的“洪部”，重点审讯。这些人当中，只有王留海是外村人。

重点审讯他们，是因为之前的几次袭击，已经让南关火车站站

长左腾岛一起了疑心，猜测到内部一定有中共地下党组织存在。这次将人集中控制起来，便采取坐老虎凳、压木杠、烙铁烫、灌辣椒水等各种酷刑，对他们严刑拷打，企图打探到谁是地下党组织领导人。然而让他没想到的是，这些普通得不能再普通的工人，竟然誓死不吐一字。

无奈之下，在分水岭“洪部”关押的孟贵元、崔旭生、唐详忠、李尚齐、李尚连、郭振祥、郭珍祥、郭志川、姬景华、贾旭奴、王留海11人，于六月初十被押往分水岭村南的一个草场行刑。而关在南沟日军“洪部”的崔秉礼、孟立忠、李祥儿、李六儿、郭留祥、郭二则，则在六月十二被杀。

行刑的两天，听到消息的当地百姓全部出动。仅仅两个月时间啊，这些人已经面目全非，有的甚至连家属也认不出来。他们春天离开时穿在身上的棉衣棉裤早已破烂不堪，而且被血浸染得僵硬无比。17位壮士，在夏日的阳光下步履艰难地行走在通往生命尽头的路上。

家乡熟悉的山水，草木，泥土，将以这样的方式最后告别。

两个月的酷刑，哪如一把砍刀来得痛快？汉子们齐齐挺直了腰身。他们知道不得不死，他们更骄傲再没有人因他们招供而死。他们笑着，互相用眼神对望着，无声抚慰着一颗颗凛然而坚定的心。

一声令下，17把东洋刀，齐刷刷砍向英雄。瞬间，山河呜咽，草木同悲。上党大地哭声震天。不远处的南关火车站，一定也为失去这些亲密战友而万般伤悲。村里人说，之后去收尸时，许多人因面部变形严重而极难辨认。

17位英雄先行离去了，26岁的孙汉英却依旧被独自关押在沁县的一个木笼内，像动物一般供人观看。刚被抓不久，他的胳膊、腿便被打折，无法站立。日本人或许掌握了他在这些人中间的重要性，把他作为活标本，震慑同类。因为饥饿，孙汉英将身上的棉花一片片撕下来，一口口咽进肚子。整整六个月时间，他以这样毫无尊严的方式坚守着自己的信仰。

一直，坚守到农历十月。奄奄一息的生命，最终耗尽。

18 位英雄中，孟立忠与孟贵元是亲叔侄，李祥儿、李六儿及李尚齐、李尚连是两对亲弟兄。年龄最大的姬景华 37 岁，最小的崔旭生只有 21 岁。锦绣年华之际，他们用鲜血铸就了凛然，牵手献出了短暂的生命。

如此，日本人还不罢休。他们继续监视、跟踪英雄的家人。不久后又把孟贵元的妹妹孟贵莲抓到维持会，后经多方搭救终得逃脱，多年后成为国务院参事。

当时，日军重点审讯残害的 19 人，牺牲 18 人，唯一幸存的是郭守师。2017 年 3 月我前往南关村采访时，郭守师的爱人郭玉仙还在世，已经 94 岁。她说，爱人郭守师之前在村里教书，那天早晨在家里听到动静，就出去看看，没想到这一看就被“顺”了进去。被关押期间，他的下身溃烂。在村公所的舅舅便找到看守人员，希望与负责人说个情放他出去。几天后郭守师终于走出关押处，在村公所养好身体之后，答应留下给在这里工作的熟人帮几天忙。可就在他被放出的第二天，与他一起关押的人全部被杀。也因此，有人怀疑是他告的密，在多年后陆续遭受了不少质疑，甚至批斗。以至于郭玉仙老人在采访中说起时依然无法释怀，她一遍遍说：“俺老汉是个好人，根本就不是他告的密呀！”

临走时，老人眼里依然泪光盈盈，说她的老汉已经去世 23 年了，一生没过上舒坦日子。

当过南关村干部的 74 岁老人郭绪生证实，据老人们说，确实不应该是郭守师告的密，但因此受了些罪也是实情。

“有些事谁能说得清？”他轻轻叹口气，“当时最惨烈去世的烈士之一孙汉英，还被百姓怀疑是叛徒呢。”后来武乡第一位共产党员李逸三专门来过南关，为孙汉英洗冤。原来早在 1939 年，时任太岳军区敌工站站长的李逸三来到南关时，就成立了以孙汉英为首的地下工作队，队员包括崔秉礼、孟立忠、孟立信、孟景文、崔厚文、郭振祥等人。孙汉英生前是敌工站情报组组长，崔秉礼与孟立忠是副组长，其余全部是情报员。

最痛，不过英雄被冤吧。

当年倒下的 18 位烈士，大都未成家，因此如今没留下几个后代。郭绪生带我们找到唯一住在村里的烈士后代——74 岁的孟还元。他是孟立忠的四儿子。那天上午进门时已是十点半，孟还元夫妻俩才吃早饭。他坐在桌子边，爱人坐在地上灶台边。因没了牙齿，两人各自用手一块块揪着馒头，费劲地在嘴里嚼来嚼去。孟还元说父亲去世时他才八个月，两三岁时母亲又因病去世。跟着姥姥长大的他，脑子里其实是没有父母这个概念的。

因独特的家世，大哥孟参元于 1952 年报名参军，披戴红花在全村村民敲锣打鼓的欢送中走上抗美援朝战场，参加了上甘岭战役。在一次行军中被敌人追赶连续撤退 80 余里，因几乎不停歇地跑步急行造成吐血不止，导致无法继续作战，复员回到太原市消防队工作。身体却还是每况愈下，只好回到村中养病。然而因为身体毁损太严

74岁的孟还元是今天唯一住在村里的烈士后代，他是孟立忠的四儿子

重，于1976年在病痛中去世，年仅33岁。

“他那时候冬天饿了就吃雪，胃口早就吃坏了，吃啥吐啥。”孟还元无奈地说。

对父母毫无记忆的孟还元，却清晰地告诉我：“妈妈属兔儿，爸爸属狗儿。”

口齿不清的老人像孩子一样说出“妈妈，爸爸”两个词时，内心听得一阵热，一阵酸。老人对爸爸妈妈的呼喊，还停留在极其幼小的年代。也因此再次说到没见过爸爸、不记得妈妈时，他还是忍不住哭出声来。

按捺住复杂的心情，问他有没有爸爸妈妈的照片？他说，俺妈

照片上这位女子非常美丽，她就是孟还元的母亲、英雄孟立忠的妻子，可母亲这个称呼，对孟还元而言只是一个概念，只是一张照片

有。顺着他的手指，在墙上相框里看到一位女子。

在场的人忍不住同时说：“好漂亮的女子。”

再细看孟还元，眉宇间确实有母亲的英姿。

一张旧照，承载着老人对父母的全部想象与依赖。

父亲是烈士，作为儿子有待遇吗？他说：“有，每月 130 元。”

出得院中，回头想给送别我们的这对夫妻拍张合影。孟还元很配合地站定，妻子却有些羞涩，被人推着往丈夫身边靠，却始终不肯挨在一起。

离开他的家，很想去看看当初烈士们工作过的南关火车站，可郭绪生说早已没了痕迹。

南关村边的 208 国道上，竖立着一座纪念碑，记录着英雄的名录，诉述着惨案的经过。路经的人偶尔会停下来，读一读铭刻的久远事迹。

攒一世深情凝望你

我的手机里，除了孟还元夫妇羞涩拘谨的合影，还有老兵李照贵夫妇。

他们在武乡西部的故城镇石仁底村。

我对故城的记忆，开始于少年时期的长途车上。那时候，从老家到省城太原，过了县城就是故城。去的时候走到这里，知道快出武乡了；回来的时候路经这里，知道离家不远了。

落脚故城这片土地，却已过去几十年。所以走进它时，记忆变得无比遥远。

那个下午，我独自驾车到故城镇，一路走，一路在脑子里极力把从前寻回。记忆总是拗不过努力，慢慢地，尤其是看到一些村庄的名字，不过也只有看到一些村庄的名字，冻结的记忆才一点点复苏，先是慢慢地，后来便争先恐后地探出头来，爬满我期待的心田。

几经周折听懂采访意图后，李照贵将这枚“纪念抗战胜利70周年”纪念币默默挂在胸前，无声诉说着他的荣耀时刻

到达故城镇，在两位年轻的民政人员陪同下，来到抗战老兵李照贵的家。

不管东部还是西部，武乡所有的村子几乎一个模式。门帘掀开，一位老人坐在炕头，黑呢料上衣，黑色帽子。问候，他不语，只拖着一双不太灵活的腿努力要下地，被我们拦回炕上。后来才知，他几乎没有听力。说话间，看到还有人站在地上，他又欲起身，招呼所有人全部坐下。

老人面部几乎没有表情，却能体会到他骨子里散出的真诚与热情。

李照贵老人的家，是太行山区农民特有的简陋，炕上铺一张硬塑料布，两床被褥自然卷向墙面，上面扔着两件衣服。床的一角，空食品袋、书本、纸箱随意放着，是日子一天天沉淀后的凌乱。墙皮是多年不刷被积尘浸透的旧，并不脏。墙上一本挂历，从上面写给退伍军人的慰问信看出，这是有关部门在这一年送来的。

外孙女抱着孩子站在地上，偶然一阵咿咿呀呀，却传不进老人的耳朵。太阳透过窗玻璃射进来，一半铺在炕上，一半映在墙上。祖孙四代在淡淡的光阴里其乐融融，温馨的气息弥漫在陈年窑洞里。

民政局的人说李照贵原名李照锁，其实是没有“金”字旁的简化“贞”，当初被人们看成“贵”，于是身份证上便成了今天的名字。2015年，他88岁。李照贵1944年8月入伍，成为武乡独立营一名战士，参加过段村、安阳、汤阴、淮海战役等战斗。

用了最大的声音，他还是只能听清一两句。可记得曾经的战事？他说不记得了。外孙女叹：一年不如一年了。去年时，他还偶尔提起当年打仗呢。

70多年以后，听力记忆力大不如从前的老人，为什么还要偶尔提起打仗？战争在他心中，到底是怎样的一番记忆？当年战场上动如脱兔的他，从一场又一场硝烟里穿过的他，到底对从前有着怎样的回望？可是，他不能说了，他听不到了，他不记得了。

是的，日子又过去365天。他残存的记忆，越来越无力抵抗岁月的冲击。

不提也罢。今天的明媚，足以抵挡一切。

说话间，一位阿姨走进来。看到我在李照贵耳边大声说话，边上炕边笑说：“哪儿能听到？我与他说还不行呢。”

阿姨竟是李照贵的老伴？老兵李照贵竟有老伴？这个意识在脑子里闪出后，我有些责怪自己想法的不敬，然而确是我看到她后最真实的一闪念。一路探访了十几位老兵，无一例外都是独身。每一位老兵在对抗过长长的苦难之后，今天都要坐在阳光里对抗孤独。这些老兵大多生活在儿女家里，还有部分在县里的光荣院，还有的

长年居住在省城老年公寓。老兵们虽然进入到不愁吃不缺穿的岁月，却也没有了倾诉与畅谈的欢乐。大部分人，更是连倾听的权利也失去了。

我接触过的老兵，不管生活条件好坏，唯一的困扰便是孤独。记得从曾经的八路军野战医院看护长王桃儿家离开时，90 岁的老人家拉着我的手久久不松开，并且努力地一个接一个寻找话题，甚至家中有几口人，孩子几岁，父母在哪里，身体好不好，都要一一问过，都要一一夸过。看着快速落山的夕阳，我几次试图不动声色，把我的手从她的手中抽出，可她总是用胜过我一筹的力量给我强烈的暗示：不要走！不要走！我可以清晰地听到她内心滚落出孤独的声音，就是想让我留下来，聊一聊，再聊一聊。

还记得，当我在县城大街一家超市门口把老兵郝生荣叫离时，身边的同伴认真叮嘱他："快些回来啊。"其实之前，我已经站在旁边观察过他们好大一阵。他们两个，并未有过多交流，只是盯着面前来来往往的人流车流出神。但是同伴希望他快些回来，他也在接受完我的采访之后不停脚地又回到同伴身边。看到他们又并排坐在一起继续无话陪伴时，我突然明白：他与同伴，只希望彼此感受到对方的存在。

有伴在身边，就好。

今天，老兵们丢了许多记忆，但他们每一个人总会努力地一点点挖掘。我们来来回回，在那些陈旧且不断颠倒的话题里反复纵横。我知道，他们并不是多么想回忆过去，只是想多个人说说话而已。更重要的，他们都想在若干年之后，再回想回想那些从身边离开的亲密战友。

李照贵老人无法沟通，我只好问可以找到一些从前的照片吗？阿姨急忙起身找钥匙，开炕上的箱子。李照贵看到了，问：找什么？阿姨并不答。只是边找边说：什么也找不到了。

什么也找不到的阿姨笑嘻嘻的，最后拿出一些勋章，还有纪念币，但大多是今年新得到的。至于老照片，她说哪里会有？从前，怎么会拍照？

是呀，从前怎么会拍照？对于这些普通战士，哪儿有时间和条件去拍照？

由于听不到我们说话，李照贵老人始终沉默着，脸上是不动声色的宁静。突然，他把老伴翻出的那枚纪念章拿起来，细细看了好久，轻轻戴在脖子上。老人一直无言，只低了头默默注视着他的纪念章。我想象不出，在失去声音的世界里，老人会想些什么。但我知道，此刻，他的思绪一定回到从前，在我想问的问题里。他无法与人沟通，却一定会在自己的世界里与自己对话。一定会将那些过去了的岁月，那些身边的人，那些经历的事，一天一天，一件一件，一个一个，翻出来，再放回去。

反反复复，打发着无聊，编织着属于他的忧伤与乐趣。

然而在看到阿姨的一瞬，我觉得李照贵老人是幸运的。儿女们下地劳作的时间里，老伴在他身边；漫长的静夜里，老伴在他身边。即便，他听不到对方的一声呼吸。

可是，有爱在身边，是多好的事。

80岁的阿姨坐在炕上，坐在老伴身边。我突然想起，给两位拍张合影吧。阿姨抓抓头发，说怎么拍？我说两人挨着就行，随意拍一张。阿姨与老伴之间，至少有伸开一条腿的距离。我说阿姨您坐

完全失去听力的李照贵，羞涩的阿姨，尽管居住简陋，但老伴的相依偎就如身后的阳光一样，温暖弥漫老屋

近点，太远了。没想到阿姨却很不好意思地笑起来，挠着头发，不肯挪一寸。于是我拉她，说太远拍出来不好看。没想到阿姨死活不肯，一边依旧挠头一边哎呀，说要那么近干吗？

阿姨的脸上，竟泛出红晕，然而还是不肯向老伴身边挪动，一张笑脸却忍不住不时望一眼那个始终沉默的老伴。我不知道阿姨流露的含义，然而李照贵老人却似乎明白了意思，看老伴一眼，微微一笑，向老伴身边慢慢挪过去。

此刻的阳光正好移了位置，照在阿姨脸上，红彤彤的。她扭头凝视着近在身边的老伴，只笑不言语。我惊讶那笑容里透出的羞涩与甜蜜，以及眼神里那藏也藏不住的深深情意。

马牧旧痕

日子里如果永远有阳光，暖烘烘地照在身上，该有多好。就如马牧村郝有江老人说到当年：只要不打仗，哪怕每天只喝一碗凉水，安静地晒个太阳，就满足了。

去马牧村那天，77 岁的郝有江正在一户村民家帮助修房子。一听到向他打听日本人入侵之事，便放下手头的活儿拿起铁锨带我们回到他的家。

老人住在一处新院子里，斜对面就是他的旧居，两棵粗壮的杨树继续挺拔在房屋几乎坍塌的院子里，在凋零中一如既往傲然着它们的雄姿。一路走来，村里零星散落着一些旧房子。

他说：都是过去的。

过去，村里有 500 多人，抗战期间减少了 269 人，超过当时全

马牧村关帝庙原貌　（郝亮 摄）

村人口的百分之四十七。

据民国十八年（1929年）版《武乡新志》卷四《古迹考》载："石勒牧马处，在县（故县）西二十五里马牧村之南滩，相传为石世龙牧马处，村以之得名，有碑碣可考。"通过此记载可以看出，马牧村因石勒在此牧马而得名。

抗日战争全面开始之后，这里便建立了党的组织。早在1938年4月，朱德总司令率八路军总部便驻扎到这里。彭德怀、左权、康克清等老一辈无产阶级革命家都曾在马牧村住过。郝有江说，那时候朱德主要住在寨上，马牧村是康克清住得多。正因为如此，马牧村的抗日干部非常多，并拒绝"维持"。日本人恼羞成怒，于1940年初最先烧了村干部郝二林、村支部书记郝春生和抗日村长周敬全等人家的房子。当时，村长周敬全的娘向敌人哀告，希望给家里留一点儿东西，但遭到对方毒打，并险些把她扔到火里。周敬全的弟媳因痢疾躺在床上，日本人便要把她进行火葬。她惊吓之际跑到院里，又被往回拉。危急之际，已经受伤的婆婆不顾安危，冲上去拉着媳妇又一番哀求，才得以逃过酷刑，被从院里扔到大门外，婆媳俩一瘸一拐含泪搀扶着离开。村里的火势越来越大。逃难在外的村民却只能远远望着，不敢回村抢救。

这一烧，全村 26 间楼房、250 间平房便化为灰烬。

火烧百姓的房子，已经成为日军的习惯性做法。侵华日军士兵荻岛静夫在 1938 年 4 月 25 日盐城白驹镇的日记里这样记录：

> 在刘庄看见几具敌人的尸体，路途中只要觉得有危险的房屋，就把它烧了再前进。燃烧的火焰令人害怕。

1943 年，因村里还是坚决不“维持”，日军便疯狂报复，进村开始大肆破坏，短短时间，全村 120 多户居民的 1200 多间房屋被拆光，仅剩村南关帝庙（村里称老爷庙）。风景秀丽的马牧村从此一片瓦砾，像从没人生活过的“无人区”。这还不算，他们不仅拆房子，还杀人。一次拆房间隙，村里的郝连冬老汉被伪军抓住问：“你说八路好还是皇军好？”他说：“这还不是明摆着？又拆房子又杀人，能说好？”伪军打了他一耳光后，他反问：“我说的是假的？”伪军得不到想要的回答，用劈柴棒把他一顿毒打，两三天后郝连冬死去。如此，日军还不甘心，又大肆抓捕抗日干部和群众。村长周敬全，农会主席郝更大，村武装主任郝性恬，郝复元、郝文广、郝效儒、

马牧村往事讲述人、77岁的郝有江夫妇

郝宝珍……郝有江老人断断续续，数了不少死在敌人屠刀之下的名字。

郝有江出生在日军九路围攻的第二年。有记忆开始，便是逃难的日子，便是吃不饱穿不暖的日子。没了村，没了家，他跟着大人逃到榆社北白村一个山里，住在用石头垒起的“房子”里。就是这样一个极其隐蔽的地方，日本人也闻风找了去。他说有一天，他的二舅担着一担鸡蛋路过，因劳累在此歇息，没想到正遇到日本人。他闻讯躲到山上，但却从石头缝里看到一担鸡蛋被担走，痛恨不已，心疼不已。有一顿，没一顿，他们一家在这个山里一住就是八年。听说战争胜利了，他们也没能回来，因为家里没有房子。直到土改才回到村子，分到一个院子。

老人透过窗玻璃指指不远处的旧居：就是那儿。

房子虽简陋，屋里虽一无所有，总算有了遮风挡雨的家，总算可以脱掉衣服安心睡到天明。

“有一个家，是天大的事。”至今从老人的语气里都可听出当年得到一个家之后的渴望与欢喜。

当年，由于马牧村处于县城到白晋线南沟火车站的交通要冲，并且还是八路军石壁根据地出入口，因此日本人早早便在村对面的山梁高处修筑起一个圆桶形碉堡。碉堡下有地洞，四周围着密密麻麻的铁丝网。站在碉堡处，对石壁根据地出入要道一览无余。八路军两次攻击，都没有成功。

直到1943年农历八月十七的夜里，决九团七连在当地民兵配合下，终于一举攻克了马牧寨敌据点，并生俘了伪军队长董丰年。村中老人激动地感谢着勇猛的战士们：“日本侵略者把俺马牧搞成个无人区，今天你们给来了个连锅端，俺这里几百亩秋禾总算从虎口里夺出来了。”

是呀，要收秋了，风里来雪里跑的村民们，终于可以把地里的庄稼收割回家了。

郝有江说，之后对汉奸董丰年执行了枪决，就在附近的青阳岭（音），村民们拍手称快。

出门，郝有江带我们去到马路边一个院子。他说这是新修过的，成了个人的房屋，以前八路军总司令部直属队组织部长康克清就住在院子的东房。

要走时他说：看看老爷庙吧。老人说的就是当年唯一留下的那座关帝庙。站在庙前，他说当时日本人也尝试拆过这座庙，神奇的是当时站在上面拆房的一个日本兵突然就摔下来死了。老人说日本人很迷信，觉得有神灵在怪罪，就立即停止拆毁。老人边说边指了

马牧村维修之后的关帝庙　　(郝亮　摄)

指右上方：狗日的就是从那个地方掉下来的。

关帝庙靠山，面向整个村子。今天，见证了村庄惨案的旧日关帝庙已经换了新颜。站在庙前，可以清晰地看到庙后面日军的炮台旧址。今天，一切都没了痕迹。**可山梁还在，庙还在，村子还在，炮台以及经历的一切，也深深嵌在这片土地里。**

那个随着牛羊奔跑的孩子

与郝有江一样在逃难中长大的，还有故县乡马家庄村 82 岁的赵炳旺。他比郝有江大五岁，因此对少年的记忆，更加刻骨铭心。

马家庄旧村，掩在新村上边的山坳里，仍然以当年的模样静止在原地。尽管杂草丛生，一片坍塌荒凉，但一些院落的格局仍透出当年的繁华。

20 世纪 80 年代，全村迁至下边临近省道的新村，新村包括离马家庄村一里地的窑科村。82 岁的赵炳旺就是原来的窑科村人。他说自己的二奶奶就是被日本人在院子里摔死的，当时就用席子卷了塞进一个破窑里算是埋葬。这时坐在炕上的另一位村民马国庆说，他的爷爷当时穿着一双新的羊毛袜子，鬼子（伪军）要他脱下来，他不舍得，便被打死了。

日军对待中国人的生命，像对待动植物一样随意。就如荻岛静夫在日记里写的，当时为了试验一批新发下来的军刀，他们便用抓来的俘虏做试验。喷涌而出的血，裹在寒光闪闪的军刀上，在阳光下发出红色的光。

赵炳旺说当时日本人在马家庄住了三天。即便之后离开，也是隔三岔五又前来“扫荡”。

记得当初逃难的情形吗？赵炳旺刚刚说了两句，就哽咽了，眼里噙着泪：不要说了！不要说了！

他强忍了半天，从衣兜里掏出一块小毛巾用力擦了擦眼睛，还是开了口。他说那时候每天用一根布袋背着炒好的一些面，跟着裹着小脚的娘漫无目的颠沛流离。**他记得，冬天下坡就坐在地上往下滑。许多时候，跑着跑着就与大人失散了，爹也找不到，娘也看不到。不敢哭，只跟着人群，跟着牛马，在机枪扫射中拼命奔跑。他恐惧的心里只有一个念头：逃命！逃命！**记得有一次，娘在半路实在跑不动了，就放开他，推他：快跑！一直跑！

一直跑到哪里？他说不知道，娘也不知道。那时候，他还只是一个六七岁的孩子。想跟着娘，想一直在娘身边，可娘狠劲推他赶他骂他。他只好哭着一边回头一边跑，直到再也看不到娘。

找不到爹娘怎么办？他说，哪儿有办法呢？

哪天该回家？他说哪里有家！

常常，跟着人们跑到一个陌生的村里，谁也不认识，找一个角落蹲下哭，想爹，想娘，肚子饿，口渴。极想家，又怕回家。

“唉，就不是人过的日子。”老人再一次哽咽了，“谁知道今天出去还能不能回来。”他的童年记忆中，整天就是东一个村、西一个

秋风中，赵炳旺目送我们离开 (李晓斌 摄)

村流浪。有一次与几家人跑到一座山里，连续三天三夜没有开锅，饿了就找些冷水拌几口炒面吃。抗战时期，他几乎是在别的村庄或者无人的大山里度过的。他说有些村是维持村，安全，就求着人家让他们住下。

“那时候能怎样？有亲戚的投奔亲戚，没亲戚的给人家说说好话求个落脚的地方。”可毕竟是别人的地方，毕竟谁家都在饿肚子。看着人家摘回一根黄瓜，真是想哪怕生吃一口也好。

老人再一次讲不下去了，长久无言，我却能听到他内心翻江倒海的痛。顿了好长一阵，他问：“你们是不是觉得我们从前吃糠咽菜可怜？”

我说，当然，太可怜了。

“能天天有糠吃，倒好了!”没想到，他要表述的是这一句。

老人想说，却几次欲言又止：不要说了，实在不想说了。

我听得如鲠在喉，心沉气闷。

可以想象，老人内心深处，还藏着太多太多不能触碰的痛与苦。想起进门时，他正与同村人开心地聊天。是我的闯入，让他的心情突然跌回尘封了70多年的从前。

“对不起，大爷。”

“不怪你，孩子。”

赵炳旺的记忆里，几乎没有家的概念。他从三岁开始逃难，一直到十岁。童年的生活里已经完全被慌乱的奔跑填满。时光虽然流逝过70多年，却难消他七年的苦难岁月。他清楚地记得，听说段村解放后，人们高兴得笑了哭，哭了笑。尽管回到家已只剩下一个空空的窑洞，还是觉得终于回到家了。他说，哪怕依然饿肚子，但总算可以安安稳稳坐下来，不必天天坐在大门口盯着高处的“红旗”，就怕倒下。

“活到这么大，哪儿有今天幸福？种地还给钱，真是在天堂活着呢。”

说到这里，他终于开心地大笑起来，嗓子里却含着没有咽下的眼泪。他说自己有四个儿子一个女儿，六个孙子两个孙女都是大学生，在太原、北京工作。孩子们对他非常好。

我要离开时，他突然说到安倍晋三，说他参拜靖国神社的事，说他还想给他的祖宗报仇？“他能报了？”问完这句话，老人又笑了，是不屑的笑。

我要走了。老人突然问我：你也说武乡话，哪个村的人？

告诉他时，他说：那咱们就是隔一条河。那年九路围攻，你们村上头就有部队。

“打得很凶!”炕上一直在倾听的马国庆也开了口，“河水都成了红色的。”

他在冬日的河谷逆风垂泪

赵炳旺与马国庄说的河水，就是浊漳河北源，发源于榆社县北部三县垴，从武乡的丰州镇下关、上司乡韩庄，一路流到故县乡的里庄、大有乡长乐、监漳镇之后，进入襄垣县境。

武乡的孩子们，几乎都接受过这条大河的洗礼。我出生的村庄，就是里庄南岸的窑头村。站在村子高处的庙上，就能清楚地看到里庄村，还有里庄滩。20 世纪七八十年代，浊漳河水仍像之前一样滔滔翻滚着，拍打着两岸，也滋养着两岸的人们。夏日如果不架一座独木桥，谁都去不了对岸。那时候，过桥是一件难事，木桥太窄，总是要边走边看脚下，总是要不小心看到桥下汹涌的河水，随后便是一阵眩晕，有人因此掉进河里也是时有的事。

2015 年秋天到里庄村时，正有风贴着浊漳河的水面飘过来，夹杂了初冬河流的寒意。

郭贵云就在河水流经的村边，坐在一堆刚收回的玉米里，认真地一穗穗剥着外皮。一身中国旧式陆军服装，一顶20世纪七八十年代的军帽，黝黑的脸，浑身散发着军人的气息。

他的面前，就是著名的里庄滩。深秋的河滩，风有些凉。因为他，因为这个地方，不得不提一场战争。他说，没有经历过，听说过。他又说，那是一场大胜利，也是一场大悲痛。

1938年春天，太行山的春风里还夹着飕飕的寒意，刚刚解冻的浊漳河水把积压了一冬的情绪汹涌地迸发出来，欢快地开始了春的奔腾。就在这刚刚开始的春天里，就在所有植物所有土地准备蓄势待发的日子里，日军也在蓄谋一场大行动。他们把进驻太行山后连输几仗的恼怒积蓄起来，决定投入大的力量绝地反击。4月16日，三万日军从同蒲路之洪洞、太谷、榆次，正太路之平定，平汉路之高邑、邢台，邯长大道上的涉县、长治，以及临屯公路上的屯留等地分九路，顺着浊漳河一路压向辽县（今左权）、榆社、武乡、襄垣，目标是摧毁八路军初创的太行抗日根据地。

那一年，郭贵云刚刚八岁，他所在的贾豁村就在里庄的北面。沿河而下的烽烟，熊熊烧到他的村子。他跟着爹娘，往深山里逃去。

自懂事起，每天一睁眼便是哭泣、尸体、鲜血、火光与枪炮。他幼小的心灵甚至认为，生活就是如此。

望着对面我的村庄，他说：“幸亏当时没有你，那时候炮火真猛。”那一刻，他的眼神里充盈着羡慕。是呀，他扛起枪的年龄，才15岁。

15岁，我还是一名在山中奔跑的快乐少年。

“有一个英雄，与你一样，参军时也是 15 岁。”望着里庄滩，我跟他说起在此地牺牲的一位英雄——叶成焕。

“不能比，不能比，”郭贵云连续说，“那怎能比?”

叶成焕来自河南的大别山，出生地是光山县（今属新县）一个山村，与郭贵云等大多数当年的战士一样，都是苦孩子。但他的家人省吃俭用，把叶成焕送入当地私塾念了一些书，使他成为家里“成”字辈中唯一一位读过书的人。

读过书的叶成焕 15 岁参加革命，次年（1930 年）参加鄂豫皖红军。没想到叶成焕是个军事奇才，小小年纪便屡建战功，很快担任师长、师政委等职，成为红四方面军的一位著名战将。1937 年，全面抗战爆发后，叶成焕由师政委改任八路军 129 师 386 旅772 团团长。同年 9 月 30 日，受命率团随旅部向太行山地区挺进。

一路走，一路打。年轻的团长用战绩告诉 129 师，无论面临怎样的危机，他都能取胜。因此师长刘伯承只要听到前方指挥的是叶成焕，总会放下一颗提着的心。

多次负伤的叶成焕体质极其虚弱。平时他总是沉默地思考，将积蓄的神勇放在冲锋时刻。他领导的 772 团被誉为“攻如猛虎，守如泰山，百战百胜，七七二团”。初上太行山，在他的指挥下便接连打了长生口、七亘村、黄岩底等几个漂亮仗，英名传遍太行。

日军发起“九路围攻”时，叶成焕正患着肺病。听到陈赓旅长不让他参加战斗的消息时心急如焚，跑去请求：“二团（772 团俗称）还没有打过这样的大仗，还是让我指挥这一战吧!”

这一战，被叶成焕求到手。于 1938 年 4 月 16 日早七时沿浊漳河北岸由西往东寻找最佳作战点。找准时机后，部署一营二营分别

长乐急袭战战利品展览　(郝雪廷 提供)

占领了里庄与型村两个村庄制高点。

早晨七时，日军108师团25旅团117联队三千余人耀武扬威地出现在浊漳河谷。他们叫嚣，他们歌唱，他们趾高气扬。只是他们不知，这里早已设下“口袋”，待“君”入瓮。

叶成焕带领的772团，与对面窑头村高地的771团遥相呼应，再加上769团的随后跟踪，使得日军辎重部队一进入目标区，便受到猛烈攻击。完全没有预料的敌人在“瓮中”一边挣扎，一边展开应对。从早七时持续到下午五时，尽管打得极其艰难，但因八路军提前周密的部署而大获全胜，彻底粉碎了日军“九路围攻”的阴谋，更击碎了日军“三个月灭亡中国”的妄想。

日军不服，派来援兵。叶成焕与其他指挥者一样，接到撤退命令。他像以往任何一次一样，留在最后一个排撤退。一边撤一边仍不忘观察增援的日军，为再次出击做着准备。

他举着望远镜，望着望着，便望上一处高坡。

枪声呼啸而来，日军援兵已到沟下。通信员急得大喊：高处危险，赶快下来！可叶成焕说高处看得清，再等一等。说话的当儿，一颗子弹“嗖”地一声从他衣袖穿过。

子弹天天在身边飞，他没有动。

英雄眼里，战场如平常。

子弹毕竟是子弹，一颗颗子弹，都长着眼睛。执着地要再“看一看”、再“等一等”的叶成焕，终于没有躲过精准冲他而来的第二颗子弹，头部被击中。他晃了两晃，终于未能站稳，带着望远镜里的局势与新的作战计划，倒在一棵小松树旁。

英雄倒在武乡的高地，浊漳河畔一片呜咽。

在他之前倒地不起的，还有他带领的二营五连指导员杜德镇，打光子弹拼刺刀，最终闯入敌群连刺多个鬼子后牺牲；三营十连指导员秦玉忠，在掷出20多颗手榴弹结果了40多个日军后身负七处重伤永久告别战场；团部16岁通信员邓丙彦，在连杀五个敌人后独自猛追一队日军，英勇献出生命；十连一个排的战士一个不剩……

团长叶成焕知道他的属下有牺牲，但不知道哪些爱将丢了命。因此在被特务连的战士们紧急抬着下山的路上，偶尔恢复神志时还不住口地问：“哎，队伍，队伍呢？”

队伍呢？这是英雄最后的遗言，也是英雄最后的惦念。

英雄啊，为什么非要站在高高的坡上？

随后赶来的师长刘伯承及旅长陈赓，也必定悲恨交加。尽管，他们彻夜守候在叶成焕身边；尽管，他们带来师部最好的军医。然而，叶成焕终因伤势过重，流血过多，于两天后的4月18日凌晨咽下最后一口气。

太行山接下来一场又一场新的战斗中，再也没了他的名字。年仅24岁的年轻团长，在战场上已经厮杀了整整九年。或许，他真的累了，透支得太多了，真的该好好歇歇了。

彼时，他的老乡及战友李德生，仅仅是129师385旅769团一名连长。他们所在的乡相距不足十公里，他们同年来到太行山。只是，叶成焕没有李德生好运，李德生在起伏的风云中见证了亲手解放的家乡和祖国，活到96岁高龄。

安葬叶成焕前，有人注意到，英雄的脚上还穿着一双破旧的草鞋。长乐村的民兵董来旺赶忙找来一双布鞋，把老区的温暖穿在英雄脚上。

当天下午，朱德总司令也专程从八路军总部赶到榆社县郝壁村，参加了叶成焕追悼会。刘伯承师长致悼词并铲起第一锹黄土覆盖在灵柩上。随后，副师长徐向前、政委邓小平、旅长陈赓和干部战士代表依次铲土，共筑新坟送别英雄。

中华人民共和国成立后，叶成焕的遗体迁葬于河北省邯郸市晋冀鲁豫烈士陵园。

他脚上最后的那双草鞋，也辗转在1971年被武乡县委办公室副主任李彦南找到，陈列在武乡革命纪念馆，1988年3月送交八路军太行纪念馆。1999年5月，这双草鞋被鉴定为国家一级文物，永久陈列于八路军太行纪念馆抗战史馆第二展厅。

叶成焕，是里庄及长乐滩战斗中我军牺牲的最高将领。

老兵郭贵云，当然知道这位牺牲在家门口的前辈英雄。于是一提及便连声说：比不得，比不得。

20 世纪 90 年代初，一个剧组走进这里，拍摄《长乐之战》。当时与同学们一起做了群众演员的一名初中生现在已经人近中年。问起他当时的感受，他说一是蒙，二是累。当时，他根本不知道长乐之战是怎么回事，甚至不知道长乐在哪儿。他说好奇过后就是累。从早上八点到晚上八点，其间就吃了两个饼子，拍了仨镜头：第一个是冲，从地上扛起枪往坡上跑；第二个是呛，直到回到学校，烟雾还弥漫在整条街上；第三个是悼，是一个什么长牺牲了，让他们低下头默哀。

他说的悼一个牺牲的什么长，可是叶成焕？可惜，当时没有人告诉他。相信当年的孩子们若真听过叶成焕的故事，一定会真心哀伤。

其实早在 20 世纪 70 年代末的一个夏天，这里就迎来过一个庞大的剧组。身着八路军军装的演员们，在里庄滩演绎着一场又一场激烈的“战斗”。附近村庄的大人孩子，结伴站在河两岸嘻嘻哈哈一惊一乍地看着那些遥远的故事，有的小孩子还淘气地闯进画面。河这边有些小伙伴就忍不住，跃跃欲试要去渡河，有几个就沉浮于湍急的水中，被看到的大人们骂着救起。

里庄滩的“战斗”继续上演，“敌我双方”时而在岸上时而漂浮在齐胸的水中。孩子们边叫着过瘾，边焦急地打问这部剧登上荧幕的时间。

那时候的荧幕故事，大多是此类激烈的战争场面。最想看的是结尾，我军大胜，敌人尸首遍地，余下的俘虏举手投降；最想听的是冲锋号声，伴随着奋勇冲杀的战士们的喊声长久地激动人心。然而尽管这样，终归不解个中滋味，不去想这些“画面”就是曾经发生在家门口的事实。那些尸首当中，也有我们亲亲的先人。比如，我的曾祖父。

剧组再现当年，周边有大批百姓其实是翻江倒海地痛，比如郭贵云。那时他不到50岁，战争的伤痕还植根在心。那次在里庄滩大规模拍电影，他说看了，又说没看。

我知道，当年，他一定像孩子们一样兴冲冲赶来观看。然而那些“战士”，那些场面，那些硝烟，一定触碰了他心底埋也埋不住的沉重。

他，看不下去。

岁月流逝，伤痕抹不去。

说到战场，郭贵云毫不掩饰内心的真实。他坦言当年虽然过着天天逃难的日子，却并不想参军，就是怕死。可村干部天天跟着做工作，不厌其烦，有一天午饭时，他被村干部带到大队，吃了一顿饱饭。没想到从大队出来，村干部说：“公家饭也吃了，还是上战场吧?”

郭贵云讲到这里，停下来表情复杂地看着我：“你会笑话我吗?”

怎么会！怎么会?

他说，战争紧迫，甚至没时间告诉他怎么打枪，刚开始就是瞎打，甚至枪一响就发抖。扣动扳机时，他甚至把头扭向身后。

还有战士怕吗？他说当然有。胆大的不少，明明知道是死，还

是要上。胆小的就听命令。有命令不能不上，因为战士不能退却。所以只能上，只能坚强。今天，85 岁的郭贵云微笑着，像讲别人的故事一样讲着自己的当年。

他毫无掩饰的讲述，让人敬佩。他本该是一个只管种好地、放好羊的农家少年，可偏偏遇到战争。尽管一万个害怕，最终还是上了战场，从开枪都不敢睁眼的“胆小鬼”，硬是锤炼成一名合格的八路军战士。

我向他竖起大拇指。

然而，他的笑一闪即逝。他说那时候，总是饿着肚子，常常是阴冷的天下着雨，穿着单薄的衣服湿淋淋蹲在壕沟里。“实在是冷啊，冷得打寒战。瞌睡，却根本睡不着，不住地在墙根打转。”

他的神情，他的话，让我的一颗心阵阵发紧发疼。今天，给他们多少温暖，才可以把旧痕抚慰熨平？

日兵荻岛静夫也在侵华日记中写过这样的话：

> 半夜里，我们到达大行李部，大家都进了帐篷，睡在硬土上。
>
> 这是多么令人羡慕的事情啊，作为步兵是没有这种待遇的。

是呀，睡在硬土上，是一种奢侈。

恶劣与子弹是最好的老师，怕就得死。胆子，就是被枪炮声一点点训练出来的。之后，郭贵云随着 385 旅 769 这个猛虎团一路打壶关，打长治，打屯留，打到山东阳山，打过河南安阳，挺进大别

一下午时间，唯有最后在手机里看到自己，郭贵云才露出笑脸

山，也把自己结结实实地打成一名英勇的八路军战士。

如郭贵云自己所说，他比不了叶成焕。可是他与叶成焕一样，是同样厮杀在战场上保卫国土的战士。

他是幸运的，只有脚趾受过不算太重的伤，可以安然回到自己的村庄，可以继续站在浊漳河边，看云开雾散，春华秋实，看历尽沧桑的河水一年又一年不惊不乍，缓缓流淌。

2015年，他作为武乡的五位老兵代表之一，去北京参加了“纪念抗日战争胜利70周年”阅兵活动。他说那是他平生第一次走进首都，终于看到电视里的天安门，看到国家领导人站在城楼上讲话。不过他说，天安门也没啥特别的，远远望去就跟家里的几眼窑洞一样。不过当他再次将手抬起庄严地敬着军礼时，内心还是骄傲不止澎湃不已。

是呀，他是永远的战士！

有首长在他耳边鼓励：再活十年，再来北京。

哈哈，85 了，够本了！他边说边动容地笑。

这个下午，他第一次爽朗地笑了。

他收拾的玉米，是女儿家刚刚收回来的。他的一个女儿，嫁到里庄村，并在路边开了小卖店。当年门前来来往往的军队，早已经换为一辆辆飞驰的汽车。

河上有了一座体面的桥，却没了曾经滔滔奔腾的浊漳河水。

一切恢复到村庄该有的宁静。

桃红柳绿了，芦苇碧了又黄了，庄稼熟了又收割了。浊漳河两岸的百姓一年年延续着春种夏收，年轻的人们，早已不知道战争的含义。然而战争结束之后好多年，每每行走在这片河滩，他的思绪总还是忍不住要跑回从前：战争，是不是有一天突然又会回来？甚至，他对哪里突然传出的鞭炮声也会一阵惊悸。当年那些被河水冲走的战友，灵魂可安好？

如今，河水浅得不像一条河，更不像太行山中的大河浊漳河。有时坐在河边他就想，也好，一切都流走吧。

孩子们没处狗刨了吧？这话突然让他想起一位战友，四川籍，水性很好。他说那位小战士当年特别想跳进浊漳河里好好畅游戏耍一番，可是没有时间。于是他们商量着战争结束后来一场大比拼。然而仗还在继续，四川战友却被一颗子弹送往另一个世界。

郭贵云忘不了他，是因为那个小战士有着他当初比不了的刚强，明知是死，可就是要用一腔热血顶上！他年轻而温热的尸体就在身边，可郭贵云却连难过都顾不上。

身边死的人太多，以至于郭贵云说他根本记不住谁是班长谁是排长，总是这个死了那个顶上。他只记得，那时他的团长是李德生。

现在，那些关于战争的电影电视，演的都与真的一样。每每遇到，他就换台。

不想看，不想看。

面对眼前萧瑟的河滩，他似跟我说，更像喃喃自语。早上精神焕发一起出发的战友，晚上有许多就回不来了。说到这里，他头一低，把余下的话哽在喉咙里。

长久沉默。

一阵寒风袭来，迎面，吹皱浅浅的浊漳河水。

他，起身，把一辆辆呼啸而过的车辆留在身后，长久地站立在风中的河谷前，垂泪。

浊漳河今貌　　(李晓斌　摄)

曾祖父的墓碑

在郭贵云伤感的目送下，我穿过浊漳河，回到我出生的村庄——窑头村。只是，曾经的独木桥成了回忆。汹涌的河水越来越少了，昔日的桥面已经变成宽敞的马路。

回到生养我的村庄，是想看到一块墓碑。我也知道，不可能有这样一块墓碑。

写这本书的过程，也是不断让我深深自责的过程。生我养我的这片土地，我对它的了解竟然那么少。

直到今天，才知道，我的曾祖父，竟死于一碗和子饭。

乱刀扎遍周身。

我的情感往上，只能延伸到我爷爷那里。所以对于爷爷的父亲，我的曾祖父，未曾问过一丝一毫，更不知道在他身上还有如此血腥的不堪往事。

听母亲讲过曾祖母，因为她结婚后好多年与这个寡居的奶奶住在一起。那时候听母亲深情讲述我的曾祖母，与听别人家奶奶的故事一样，收不进心里。

我的小姑姑没有见过她的爷爷，即我的曾祖父。70年后的今天，她把听来的故事讲给我。那个下午，她哭了，因为那是她的亲爷爷。提笔的这个晚上，我感觉到了疼痛，几次潮湿了双眼。才意识到，曾祖父的血液，通过爷爷，已经延续到我的身体里。

姑姑从她的父辈那里听说，日军扫荡那段日子，曾祖父一次次嘱咐他的二儿子，也就是我的爷爷：啥也不要顾及，保护好两个孩儿！他说的两个孩儿，其中之一就是我的父亲。那时候，日本人进村如家常便饭；那时候，父亲才不到两岁。他一次又一次，与我的大姑姑一边一个惊恐地坐进我爷爷的挑筐里，慌乱地从家中奔向大山中。

我一遍遍想，我的曾祖父，在嘱咐过儿子啥也不要顾及之后，为什么，还要回头喝那一碗和子饭？

那个午后，人们像往常一样跑向大山深处。可是半路上，曾祖父却改变了主意：你们先走，我回去把那碗和子饭喝了。

于是在杂沓的人群中，他勇士一般反其道，逆风而跑，逆流而奔。向着家，向着锅台，向着一碗和子饭，极速奔跑。

亲人们弃家而去。他无牵无挂，大刀阔斧，带着满身饥饿的力量，带着对小米的疼惜，向着家，冲刺。他一定是刚刚从地头回到家，跑出去又万般不舍那碗来不及端起的和子饭。也或许，隔三岔五地奔命，让他觉得依然可以侥幸一次。总之，那个时刻，一碗和

当年悄悄埋葬了父亲的大儿子，在写这篇文章时已走向暮年

子饭的诱惑胜过生命的威胁。

他如愿，赶在日本人之前，端起那碗和子饭。

多么喷香的一碗和子饭啊，就是他一路奔向的那个味道，就是老伴手里的味道，就是灶台温暖的味道，就是儿孙们簇拥的味道，更是饥肠辘辘胃里急需的味道。

可是，他以一饮而尽的姿势，被日本人堵在屋里。彼时，他或许更希望，喝到嘴里的，是一碗浓烈的酒。

肠胃的惬意，戛然而止。**我的曾祖父，他不慌不忙，就在日本人面前，从容喝完那碗和子饭，如饮酒一般酣畅。之后，他摔碎那只给了他最后温暖的碗**。

爷爷们发现他时，不沾一粒米的碎裂瓷片，躺在他腿边。曾祖父千疮百孔的身体，浸泡在自己的鲜血里。

就像一块好好的布，被一刀一刀划破。姑姑一手捂着胸口一手从脸到身体上下滑动，形容她的爷爷。

当年悄悄埋葬了父亲的二儿子，也早已不在人世

血，还在流，尽管已经染红了土地。

奔60岁的曾祖父，以鲜红的形象出现在家人面前。

哪里敢哭？姑姑讲到这里一边落泪一边大口喘气。她说那个连大气都不敢出的年代，哪里敢痛快地哭？她带着恨带着怒地大声叹息，像是将自己父亲当年堵在心里的山洪畅快打开，让委屈与遗恨决堤而出。

扔下挑担的爷爷与他的哥哥，迅速推开母亲，把他们的父亲裹进破席子，悄然抬进对面山坳里。曾祖父的女儿嫁到外边的村子，还有两个小儿子不在身边。几个小时的时间，家人完成了曾祖父从去世到出殡的所有仪式。他全部的孝子，就是我的两个爷爷。他们抬着这具沉重的躯体，一前一后，用沉默的眼泪，护佑着父亲的身体。

一个简易的坑，安放了他们的父亲。心头唯一释然的，或许是他们的父亲胃里毕竟还有一碗和子饭暖身。

回家的路，血迹斑斑，泪水涟涟。

姑姑说，曾祖父被抬走时，甚至没有洗把脸。

夜晚，一家人收起灶台边的碎片，铲除过血染的地面，围坐在屋里，胆战心惊地猜测着曾祖父的死。曾祖父的身上，从上到下布满刀眼儿。曾祖父走了，性格还在。他们知道，一定是暴脾气的曾祖父激烈地反击了日本人。那时候鬼子进村，无非是想寻找八路军，无非是让老百姓当带路人，无非是寻找粮食。曾祖父不仅没有做，或许早想当面发泄一下埋藏在心中的愤恨。也或许，他还大喝一声：即便死掉，也不能让亲手种下的粮食喂进狗嘴里！总之，曾祖父一定是气势如虹，气壮山河，慷慨激昂，句句刀箭般穿心。

刀，在鬼子手里。带刀的日本人，怎能容忍被一介草民如此辱骂如此轻视。于是，钢刀，齐刷刷冲向他的肉体，速度比他奔向一碗和子饭快千百倍。曾祖父一定是边倒下边痛骂，钢刀才越来越愤怒，直到布满周身，直到他再也无法出声。

那个晚上，曾祖母一定哭着骂了曾祖父，骂他一如既往的倔强，骂他把性命丢在一碗和子饭上。然而这就是我的曾祖父，可以为一碗和子饭折腰，却不会为一条命向鬼子低头。

在我的家乡，一定有许许多多像我一样的后人，他们的先辈都以这样的方式壮烈地死在脚下的土地上。他们不是杀敌英雄，却死得荡气回肠，骨气长存。

我的曾祖母在爱人的鲜血阴影里独自生活了 20 多年后，于 1968 年的冬天去世。那一年，我爷爷已经 54 岁，即将到了他父亲当年去世的年龄。他们携儿带女，将父亲与母亲一起，重新安葬。

母亲记得清楚，那一天，是腊月初九。山里的寒风，彻骨地吹。

曾祖父，终于入了棺木，零乱的尸骨，被从未盖过的崭新棉被包裹，温暖地与老伴一起，庄重地在寒风里体面上路。

24 年后，他崭新的棺木后面，孝子贤孙排了长长的队伍。然而哭声最恸切的，还是我的爷爷，与他的哥哥。

我的两位爷爷，把他们的父亲埋入土里，又挖出来，再埋进去。在一次比一次隆重的仪式中，安抚着父亲身体的痛楚，告慰着父亲在饥饿中含恨离去的魂灵。

我小时候，常常缠着爷爷讲故事。爷爷七拼八凑的故事里，也夹带着不少关于日本人的事。爷爷说的总是，他挑着我的父亲与大姑，回头还要一把将矮小的奶奶夹在怀里；爷爷还说，那副挑担随时就在炕头边，一有消息便飞身下地，把睡眼蒙眬的孩子塞进挑筐里。爷爷的故事不仅没有伤悲，倒让我们这些幼小的孙辈越听越有趣。爷爷的故事里，唯独没有出现过曾祖父。现在想来，他当初间或紧锁的眉宇间，充满对父亲的遗恨与怀念，充满对孙儿的呵护与关爱。而来自他父亲的血腥往事，一生被死死压在心里。

今天，我听得惊恐万分，痛心疾首。因为那是 1944 年，再过一年，万恶的日本人就要耷拉着脑袋滚出这片土地。我的曾祖父，他的胃若可以忍一忍，他的倔强如果可以收一收，便能看到这新社会，便可以与我的曾祖母一起，在温暖的炕头上看儿孙满地。

一碗饭，一条命。这，或许就是曾祖父的命数。

遗憾我未能在曾祖母离去之前出生，否则也可以从她的影像里窥得一丝丝曾祖父的影子。努力想，模样却是我爷爷。或许，曾祖父的模样也真如我的爷爷。只知道，他膝下有五个孩子，四子一女。这本书初出版时，他最小的儿子、我的四爷爷还在世，已经 87 岁。可他还是于 2021年 90 岁时去世，没有等到这本书第二次送到

他手里。

我的四爷爷，长相也酷似我的亲爷爷。

回乡问过，我的曾祖父，名叫蒋存富。

他是我的曾祖父。

他不仅仅是我的曾祖父。

我在心中，为他竖起一块神圣的墓碑。

一九四一年四月，张庄的夜

曾祖父没有墓碑，但张庄有。碑上，一个一个，刻着与我的曾祖父当年一样，惨烈死去的不穿军装的英雄。

窑头村三里地往上，就是张庄村。小学五年级时，我曾在这里读过一段时间的书。多年之后再进村，却完全不是当初的旧模样。

遥望一个院落，我曾经早晨提着一份午餐放进去，中午在那里热好吃完，下午再进去提着餐具离开。院子里住着我本村的一位邻居姑姑，她嫁到这里，那段时间便成为我在这个村的唯一亲人。早几年听说她去世了，院落也变了模样，但位置我清晰记着。

一位年轻女子出来，打断我的思绪。向她问起段景祥，她说不太清楚，不过说可以带我们去找村里的老人。一路走到村下面的戏台边时，才发现要找的人不在。一抬头，村顶上一位老人拄杖而过，

她于是喊："哎——下来一下——"

老人站定："听不清呀——"

于是下面的人一边喊一边摆手。老人很快看懂了这些人的手势，返身下来。我们聊天的当儿，老人已经远远笑着出现了。此刻才看清，他手里的"拐杖"，竟是一把放羊铲。

他提起放羊铲说："就是借个力，还能打狗，挺好。"

说完，很爽朗地大笑。

老人叫杨九文，77 岁，身板很好，精神也好，唯听力不行。因此一开始，他便把"段景祥"错听为"杨锦祥"，由此倒引出另一段伤心往事。他说，杨锦祥是他三大爷的儿子，1917 年出生，是比他大很多岁的堂哥。杨锦祥小名来水，1933 年便加入中国共产党，之后秘密从事党的地下工作。1938 年任张庄村第一任支部书记，组建了村政权开始了对敌斗争，同年调七区工作。第二年任武乡游击队指导员，1940 年参加了百团大战。1942 年在武乡东皋坪一次反"扫荡"中牺牲，年仅 25 岁。杨九文从大人们那里得到的信息，是杨锦祥在一个狭窄的路段与敌人正面遭遇，当时只是受了重伤。跑离敌人的视线之后才觉得胃里特别烧，便到沟里喝了一通凉水。

"越发不行了，很快就死了。"杨九文至今说到他的这位大哥，还是黯然不已。更让老人难过的是，中华人民共和国成立后的 1953 年，村里对去世的烈士重新进行了安葬，并立了碑。然而面对本家兄弟齐刷刷的儿女，三大爷悲从心来，接受不了一个大家族中独独少了他最优秀的儿子，不久便生了病，两三年便去世了。

"还不到 60 岁，太早。"之前一直笑眯眯的杨九文沉着脸，眼睛看着天。

当年的英雄段景祥，最终魂归故里　(李晓斌 摄)

我们要找的段景祥，比杨锦祥晚四年出生。抗战全面爆发后，不满20岁的段景祥辞掉榆次纱厂的工作，回到老家张庄村。说到他的这一决定，不能不提一个人，这个人就是武乡党组织的主要创始人之一——赵向荣。赵向荣1911年出生于张庄大队的赵墁坡村，原名赵瑞璧。八岁进入张庄小学读书，13岁时考入县立高小，毕业后成为一名小学教师。1933年，赵瑞璧由武乡籍第一位共产党员李逸三介绍，加入中国共产党，同年8月中共武乡县工委成立时，被选为县委组织委员。然而很快，因为他们发动了以“抗租”“抗债”为中心的农民五抗运动，受到山西国民党当局的打击，党组织遭到破坏。1934年秋，赵瑞璧徒步数百里到省城太原，找到党组织。之后重返武乡组建了新的县委，赵瑞璧任县委书记。两年后由于叛徒出卖，武乡地下组织第二次遭到破坏，赵瑞璧被捕入狱。在太原陆

军监狱，赵瑞璧等五名共产党员受尽酷刑，并以“宣传赤化”为名被判七年有期徒刑。

1937年初，在党组织营救下，赵瑞璧等一批“政治犯”被释放出狱，参加了牺盟会，并接受了“军政训练班”培训，结业后到交城县任山西牺牲救国同盟会交城分会特派员。临行前为了保护他，组织将他的名字改为赵向荣。在交城，他在多方考察的基础上吸收了三名共产党员，成立了交城县党支部，并担任支部书记。1938年初，赵向荣再次调任清太县（清徐、太原部分地区）任工委书记，发展党员，建立党组织，并组建了抗日游击队，自己担任游击队教导员。

在抗日战争和解放战争中，赵向荣先后担任交城县牺盟会首席特派员，清太县抗日县长、县委书记，山西青年抗敌决死纵队一纵队政治主任、卫生处政治委员，中共归绥（今呼和浩特市）县委书记，始终处在抗日斗争最前沿，站在斗争的最前列，为中华民族的独立和解放做出了贡献。

榜样的力量是无穷的。赵向荣的行为，悄悄影响着一个人，这个人就是赵向荣的外甥段景祥。从榆次回到张庄后，他担任张庄编村青救会主席，组织地方武装，反击日军侵略。他白天组织村民耕种，夜里站岗巡逻。段景祥机灵能干，帮八路军搜集到不少情报，让日军恨之入骨。

抗战那些年，没有一个夜是安静的，没有一觉是安心的。承担着站岗巡逻工作的村民更是责任重大。1941年农历四月十九日的夜，沐浴在春风里，却丝毫没有暖意。那一晚，附近五龙坪有庙会，村民晚上去看戏。段景祥待看戏的村民回到村之后，细细检查完毕，才回到家里。没想到刚刚睡了不久，就被一声异响惊醒。

今天，曾在张庄村当过村支书的81岁老人窦炳尧告诉我们，当年那个晚上敌人是冲着段景祥家的一支枪去的。其实，当时村里民兵队只有一支枪，之前本来在村里一个叫陈明道（音）的人家里。前一天，对方却突然给段景祥送了过来。伪军进入段景祥家里，自然看到那支枪。段景祥拔腿就跑，伪军便拼命追，一直追到寨沟，一块地一块地往下跳，最后到一个沟里终于被追上，伪军在他身上连扎七刀。

看着躺在地上一动不动的段景祥，伪军向日军汇报：一个土八路，死了！

多年以后段景祥回忆，他当时尽管疼痛到要昏迷，头脑还是清醒的。伪军的几刀，没有扎在他的要害部位，他当时便极力憋着一口气，等到敌人离开之后才昏迷过去。而之后从天而降下一场雨，雨水猛烈冲刷着英雄的身体。段景祥被唤醒，被寻找他的家人与村民发现。大家喜极而泣，但依旧不敢带他回村，就地在山上的窑洞里养伤40多天。

大难不死，更加坚定了段景祥的抗日决心与勇气。伤愈后，他在上级组织的指示下，离开村庄去到区上，加入了更加轰轰烈烈的抗日活动，而且一次次立下大功，赢得了“抗日英雄”美誉。

抗日战争胜利后，段景祥没有停下脚步，跟随大军南下，进入湖北洪湖，又在国民党的枪林弹雨里开辟革命根据地。几年艰苦卓绝的斗争之后，终于建立了红色政权。武乡人段景祥，出任了洪湖县第一任县长，后任湖北省委纪检处处长、化工部连云港、武汉、北京矿山规划设计院党委书记兼院长。

77岁的杨九文老人拖着一把放羊铲，一路给我讲述并满村寻找知情人 （李晓斌 摄）

段景祥生活在遥远的南方，然而心中，时时闪现故乡的影子。即便是那个几乎丢掉性命的漆黑夜晚，也让他在一次次想念中疼痛不已。

离休之后，老人常常回到村庄，徘徊在那片土地上，聚拢在曾经的兄弟们中间。杨九文说，段景祥有一年回来还带了一本书，就是他本人一生的故事。那天，他满村帮我们找这本书，可惜找到两家都说不知扔哪里了。杨九文看着我们，极是遗憾。他不知道我们具体在做什么，但他觉得我们的工作很重要，就像之前问他愿不愿意带我们去找找别的老人时，他连连说："那还能不去？误了啥也不能误了带你们。"

2005年抗战胜利60周年之际，85岁高龄的段景祥再次回到家乡，自费出资八千元，修建了村里的“抗日烈士纪念碑”，高高俯瞰着整个村庄。而他自己，也在去世后将骨灰安置回乡，与他的另外三个兄弟葬在一起。今天，弟兄四个坟墓就在纪念碑对面，一片正在生长的柏树环绕着，与曾经并肩战斗的英雄们相依相望。

抗战时期，张庄村活跃着一批优秀的共产党员：窦志仁，1939年参加革命工作，同年入党，在县公安局地下办公室当秘书兼侦察员；窦志鸿（景方），1937年加入共产党，同年参加武乡县牺盟会组织，1938年任张庄编村村长；段德厚，共产党员，抗战时任张庄农救会主席；窦志全，游击队员。

也因此，他们的名字与面貌，早早出现在日本人的视线中。

就是段景祥被伤的1941年农历四月十九那夜，窦志仁受命与一名姓魏的八路军一起去五龙坪庙会，收集敌人近来的活动情况，直到后半夜才返回村里。按照预先约定，他直接到了窦福生家与窦志鸿、段德厚、窦志全一起分析当前形势。没想到汉奸告密，被鬼子堵在院中。情急之下，窦志仁越墙逃脱。其余人则被用绳子绑在一起，押到鬼子在段村的洪部地下水牢。一段时间的严刑拷打之后，未得到一丝信息。最后只有村民窦福生被放了回来，窦志鸿、段德厚、窦志全于5月6日被杀。那一年，窦志鸿与段德厚同为29岁，窦志全刚刚20岁。

当年成功逃脱的窦志仁1942年任四区政府秘书等职，中华人民共和国成立后，先后任长治中级人民法院审判长、机关党委书记，太原市运输管理局工会主席，第一汽运公司党委书记兼经理等职。

窦炳尧说，那个晚上的事件过后，村里人抓出两个汉奸，一个

是前一晚给段景祥送枪的陈明道；二是马书堂（音）。因为那晚敌人进窦福生家之前，有人清楚地听到先叫马书堂的名字，再加上他之前一贯的表现，所以确定是他把人带到窦福生家。之后，整个张庄区召开除奸大会，周围几个村的民兵及村民聚集，要除掉这两个人。没想到陈明道从一户人家大门外的排水口钻进院子，爬上一棵花椒树后上房跑了；而马书堂在被打断几根肋骨之后，被本家人求情放过一条命。

被害的，害人的，一切都归了尘土。后人提起，却是泰山与鸿毛的区别。

六年生命之重托付给文字

采访过程中，我一直想找到一本与被采访者有关的书，然而一次次失望。就如张庄村的杨九文老人一样，他明明记得当年段景祥带回来过一本书，可就是没了踪影。

段景祥的书，只是没有找到。他的书却是真实存在的。可我接触的十几位老兵，却从来没有一点儿文字记载，哪怕只是一篇文章。

段廷荣，是个例外。

段廷荣把一生的文化，全部凝结在他 82 岁时由长治日报社印刷厂印制的一本书里。采访他那天，他的儿媳送我一本，书名是《军魂铸忠诚》。儿媳的意思，是怕老人年龄大了有些事表述不清楚，不如拿一本书看得准确。

之前接触的每位老兵，我无一例外都问过他们：有没有文字资

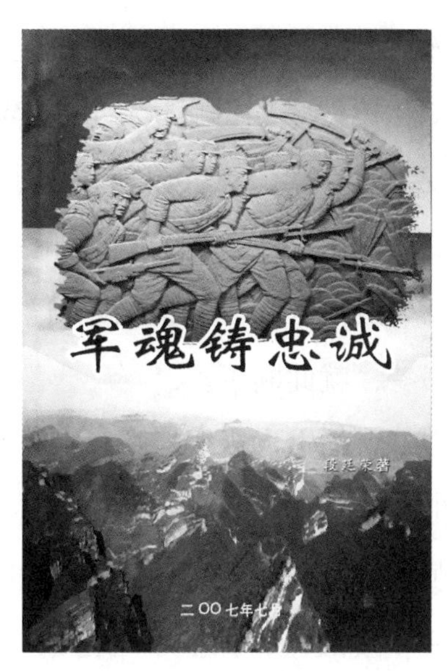

段廷荣历时八年完成的作品《军魂铸忠诚》

料？所有的人都是摇头。而段廷荣，竟然在我没有准备的时候，送给我一本书。

书共 265 页，15 万字，30 个战斗故事。

段廷荣的青春岁月，就凝结在这本鲜红色封面的书里。

还是愿意听他讲述。于是在武乡县城他儿子的家里，我们从他当年上学的故事说开去。

“其实根本没怎么念书。”老人说，“只是一生都想念书。”

段廷荣是武乡县丰州镇雨沟村（原丰州镇松树庄行政村东垴村）人，离现在的县城只有五公里。因家贫，他七岁便在家拾柴烧火，并帮助父亲干地里的活。一直到 11 岁，才进入白芽村小学读书，然而也是半耕半读。那时候，抗日战争的烽火已经慢慢在武乡拉开帷幕，段廷荣同时还参加了学校的儿童团，站岗放哨，查路条捉汉奸。

段廷荣说不清为什么，反正从小就是想念书。于是 15 岁那年，他又考入武乡县抗日民校。尽管他意识到这样的环境不可能好好读书。但变化比他想象得更快，快到猝不及防。当年夏收，学校放假回家收麦。就在第二天，日军侵占了今天的县城，也就是离他们村五公里的段村镇。他记得清楚，那一天是1940年农历五月十九。家乡瞬间沦为敌占区，段廷荣从此与学校失去联系。

念书梦，就此断了。

或许是念的书太少了，段廷荣在此后的夜里，书本都不曾入梦。梦里，他总是挥着手榴弹。段廷荣对手榴弹有着别样的感情。在最风华正茂的岁月，手榴弹是他亲密的战友，陪伴他在六年时光里打跑一拨又一拨敌人，保护了自己的生命。他笑着回忆，当年打游击战时，一杆老枪顶多有三五颗子弹，还常有瞎火的。所以那时候才会有“每一颗子弹要消灭一个敌人”的努力。他喜欢手榴弹胜过子弹，是因为一颗手榴弹扔出去，可以消灭几个敌人。那时候，他们叫手榴弹是“捣蒜锤”。他骄傲地回忆，自己六年的战斗生涯里，扔出一个又一个“捣蒜锤”，捣向敌人一个个脑瓜子。他记得最痛快的一次手榴弹战斗，是在故城村。一个晚上，他们发现一些日军在烤火取暖，于是段廷荣所在的连共三个排从东、西、北三个方向同时往敌人的火里扔手榴弹。轰隆隆的爆炸声至今想来都痛快得不行。那一次，他们不仅炸死不少日军，还活捉了七八名俘虏。也因此，他在多年之后的睡梦中，还经常是举着刺刀与手榴弹同鬼子大力拼杀。每次总是随着手榴弹扔出去轰隆一响，俘虏就被他抓到，他便笑醒。尽管他描述醒来之后身上出汗又困乏，尽管他对手榴弹梦了又梦，我还是为他能从这样的梦中笑醒而高兴。因为他的许多战友，常常是在梦中被激烈的战斗惊醒而长久无法入眠。

与手榴弹相伴六年的段廷荣，当兵之路却并不容易。为了当兵，他两次找上部队的门。那时候，谁家都不希望自己的孩子去当兵，人们的说法就是“不能去当炮灰”。段廷荣却是对当兵情有独钟，倒不是他不怕打仗，而是他觉得与其坐着挨打，不如主动出击。当年，还未当兵的段廷荣，就实实在在挨过敌人两次打。那是1942年，他17岁，一次是要粮，一次是被抓去参加警备队。这些事件的发生更坚定了他参加抗日队伍的想法。他发誓要自己扛起枪，把敌人赶出家乡的土地。之后他一直打听，哪里可以参军。多方努力后，一位给牲口铲蹄钉掌名叫段木旺的本家答应带他去找部队。高兴极了的他骗母亲说要到姐姐家，在一个早饭后跟着段木旺到了涌泉乡的蚂蚁岨，找到县政府。他记得到的时候是一个晌午，政府的人给他喝了一碗高粱面汤。段廷荣小心而坚定地表述了自己想当兵的愿望，然而给他喝面汤的干部告诉他，现在精兵简政，不要人。那个时候，日军加紧了对中共抗日根据地的“扫荡”与“蚕食”，武乡这个抗日根据地的范围日渐缩小；再加上自然灾害频发，部队不得不精兵简政。这一消息让原本没准备再回家的段廷荣极度绝望。无奈之下，他又恳求对方能否给他找个做工的地方？他愿意在附近等待部队再次征兵。可对方说现在的农民都组织了变工队，这个忙实在是帮不上。段廷荣不死心，离开时还是诚恳地留下自己的愿望，“以后要兵时，一定告诉我一声”。

沮丧地回到家之后，段廷荣继续在儿童团站岗放哨。第二年，武工队一位深深了解他的叫侯红庆的同志告诉他，八路军要人了。于是他再次瞒着家人偷跑到根据地涌泉乡神前村。这一次，18岁的段廷荣终于梦想成真，参加了武西县独立营。

纪念抗战胜利 60 周年时的段廷荣（右一）

热泪盈眶把来之不易的军装小心穿上身，段廷荣知道自己一身的智慧与力量有了用场。19 岁成为战斗组长，20 岁受到排里表扬奖励，21 岁加入中国共产党。

段廷荣最忘不了的日子，是抗日战争胜利前一天上午打的一仗。那不仅是武西县独立营的最后一次战斗，也是抗日战争中打的最后一仗。那天，他们独立营从白晋线上的游击现场被调回高仁村休息。这时，时任太行军区武乡独立营副营长的涂学忠给他们带来好消息，说主力部队已经包围了段村，他们也要马上出发，参加最后一场战斗。战士们听了非常激动，他们大多是本地人，能在熟悉的土地上参加早已向往的战斗，个个摩拳擦掌，脚底生风。当晚，他们从南村河边爬上王家垴，又到了胡兰沟顶上奉命隐蔽，等待冲锋令。那晚的心情，与以往的战斗完全不一样。段廷荣说他们无比轻松，知道日军已经成为“瓮中之鳖”。他们一边待命，一边绘声绘色地学着

伪情报员们慌里慌张向日军汇报时的模样：

“长官快——快——，我村来了八路军！”

“有多少？”

“可多呢，住了满——满一村。”

战士们说一阵，笑一阵。

就这样待了一夜，等到太阳出来时，却收到让他们撤回白芽村吃饭的命令。战士们一边撤一边泄气，觉得地方小兵打不了大仗。回到村后，才发现正如日军中流传的一样，野战军满村。村民们也早已把埋藏的粮食挖出来，热气腾腾做好一锅一锅饭菜。段廷荣记得，他刚刚端起一碗汤面吃了两口，集结号就吹响了。听说日军从段村突围出来，想向沁县方向逃跑。于是他们受命跟着涂副营长一气跑上印圪咀，正赶上日军一个排跑来想夺取这处高地。早到一步的他们顾不得听命令，手榴弹、机枪、步枪齐发，迅速将没有反应过来的日军打得死的死跑的跑。这一战，他们收获了日军扔下的十七八箱“八八式”小炮弹，活捉了十几个俘虏兵，以及不少枪支弹药。午饭时分，他们肩扛手抬，带着这些战利品再次回到白芽村吃饭。让段廷荣至今都激动不已的是，那一仗，日军一枪也没来得及放，我军无一人伤亡。

休整一下午，他们在天黑时再次接到命令，那就是配合主力部队收拾松村的炮台。之后又一口气跑步 30 里到茅庄顶打敌人的援兵。段廷荣说，他们在山顶上守了一夜，没等来援兵，却等来解放段村的好消息。

那一仗，使武乡在八年之后恢复了明媚的天空。武东、武西再次合体，两个独立营也合编为“武乡县独立团”，后编为军区 44 团，开始了新的战斗。

战争年代，他还用他并不太宽厚的背，在纷飞的炮火中安置着一个个战友：在武乡一次战斗中，他把左眼负重伤的战友王锁成背往医院；“芹泉火车站战斗”中，又把战友李银虎的尸体背到一里地之外的地方安葬；在河南伏牛山一次野战中，又是他，把右臂负伤的战友刘首如背进医院。

也就是在伏牛山战斗中，段廷荣左眼负伤，地点是二郎坪。

之后段廷荣在 1949 年 4 月的渡江战役中再次负伤。当时，承担着押船任务的他在靠岸激战中身负重伤，倒在船上时全身竟有五六处流血。待他清醒之后，已经是第二天中午，正被医生绑在一张桌子上做手术。这一次，段廷荣又因保卫渡江有功，荣获营团奖励，被上级批准升任连指导员。然而这个时候的段廷荣，却已经左眼失明，胸腔骨损。只好带了“二等甲级伤残证”，退伍还乡。

段廷荣的热血报国岁月，就在穿起军装的六年之后结束了。

回顾那战火纷飞的六年，他说除了奋勇杀敌，骄傲的还有从未断过学习。尽管时间少，尽管条件恶劣，他却一刻也没有浪费偶得的学习机会。

退伍之后，刚刚 24 岁的段廷荣被村里选为扫盲义务教师。他知道自己文化水平不高，于是一边教一边学。25 岁开始，段廷荣就因优异的表现被选为松树庄行政村党支部书记。之后一路经历了乡党总支书记、人民公社工业部部长、“四清”工作队队长、党委组织与宣传委员等职务，受到县里、省里的多次表彰。

然而，段廷荣终究是受过重伤的老兵。1973 年因身体多处病发，申请离休回家，年仅 48 岁。

受访时的段廷荣与作者

不能工作了，也或许是空闲时间多了，他的脑子又时时被拉回到那些战斗的时光里，手榴弹忍不住就会在眼前呼啸而过，他的伤口便跟着隐隐作痛。**那生命中最重要的六年，抹不去擦不掉**。**同时段廷荣又有些害怕，随着时间的流逝，英雄岁月会被一代代模糊，不再清晰**。由此，他郑重地拿起心爱的笔，一点一滴，重新回到那六年的时光里。

重提，其实是把自己再一次扔进那个残酷的炮火纷飞的岁月，燃烧一回。许多时候，重提比经历更加疼痛。于是段廷荣常常回忆一阵，写一阵，叹一阵，疼一阵。

是一直在写吗？老人说不是，也是断断续续，因为记忆，不知道哪一天会开启。比如有一篇文章，是他 79 岁那年看到麦收时，突然想起。儿媳说，多年来，老人不知道用了多少稿纸。写完了不自信，又专门请人帮助整理。

问他草稿可在？老人说早烧了，因为放着也没用。

看不到老人的草稿，然而他一笔一画重温战争年代的身影，总在眼前晃动。

段廷荣或许不知道，以他的初小文化水平写出一本书，是多么了不起的事情。

2015年，已经91岁的他依然坚持看书。他说不看书没事干啊。看书，也是想知道一些事。跟他走进卧室，眼睛所到之处有很多书，他的床上，随意扔着几本，分别是《山西老年》《家乡之音》，还有冰心的《繁星·春水》。

《军魂铸忠诚》一书的扉页，第一张照片异常醒目。80岁的段廷荣穿着军装，戴着勋章，紧挨时任总书记的胡锦涛而坐。他说那是令他难以忘怀的一天。

那一天是抗战胜利60周年前夕，2005年7月29日。

一份纪念证

与老兵段廷荣的“二等甲级伤残证”一样，郑峪村赵千驹的家里，至今还保存着一张“二等乙级民兵伤残抚恤证”。

正如前面说到的一样，有些牺牲，不在战场，不在硝烟中，却一样悲壮英勇。

郑峪、张庄，与我出生的窑头村，呈三角形的依存关系，村与村之间的距离都在三华里左右。村庄同样隐在山坳里。一路下去，可见高高低低几处坟墓。可我知道，曾经的烈士与英雄，已经没有了哪怕是一个墓堆。

今天的学校，校门紧锁，曾经的乒乓球案台闲置在那里。村里看不到一个孩子。当年赶集看戏的戏台，也不见了。变成居民的房子。

赵千驹留下的唯一一张照片

（李晓斌 摄）

“知道赵千驹吗？”

“怎不知道？我们都见过他！”遇到的几个60岁左右的人异口同声。有热心村民便去寻找赵千驹在村里的儿子赵跃兴，不久便把他从一户人家里喊了出来。跟着往他家里走的路上，我们回到1944年7月。

那个夏天，回天无力的日本人在武乡发起最后的疯狂。武乡人民，也在越来越近的胜利气息中坚定地继续反击，维护着自己的家园。郑峪村活跃着一大批民兵，早在1938年日军对我军进行“九路围攻”之时，村里就有自卫队员帮助八路军抢占了有利地形，狠狠打击了敌人。而这一天，自卫队员赵千驹却在反“扫荡”中撞在日本人手里。那个时候，敌人疯狂地寻找着八路军，寻找着粮食。他们迫切希望，从每一名抓捕到的人嘴里探寻到哪怕一点儿信息。

赵千驹让他们如获至宝。一路押着，在临近中午时分走到近七公里外的赵墁坡村，到一家院子里找食物顺便休息，赵千驹则被关

在村里的油坊。与敌人周旋了多年的赵千驹深知敌人的残暴。从落入敌人手里的一刻起，他就做好最坏的打算，或许会在这个庄稼落尽的日子里告别这片土地。

油坊屋子外面，站着两个人，一个肥短身材，满脸胡子，披一件黄色大衣；另一个则穿着伪军服，腰间还带着一把刀。赵千驹判断，应该一个是日军什么官，一个是汉奸。果然，两人一前一后进到他的屋子。日本人挥手，将守门的两个日本兵也叫了进来。

对方开口了："你做什么工作，叫什么名字？"

赵千驹很干脆："我叫赵千驹，青救会的，工作就是打日本！"

赵千驹痛快的回答有些出乎日本人意料，也庆幸从这么痛快的人嘴里或许会有收获，于是继续追问村里的民兵在哪里，有没有粮食。说完还威胁他，如果不好好回答就要他的脑袋。

赵千驹依旧爽快："不知道。"

日本人有些怒，却不甘心，换了语气，让汉奸用好吃好喝许诺他，甚至还抛出给他一点儿权力等诱饵。至关重要的一点，就是说出这些，可以不杀他。

说，或者不说，就在他一念间；生，或者死，也掌握在他自己手里。

对方期待的眼神也齐刷刷投向他。他却冲着汉奸送上一句："你的话还不如放个狗屁！"

那一刻，他全身只剩下死的勇气。七年间，他见了太多的死。这其中，有八路军，有老百姓，还有亲人。一个又一个人，死在敌人的屠刀下，一汪一汪的血，在他眼前翻来涌去。

他听到内心撕裂的声音。他将这股劲积攒到骨头里，嘎嘣嘎嘣

留作纪念的赵千驹民兵伤残抚恤证，被二儿子精心保存着 （李晓斌 摄）

作响。日本人也听到了，不再期望什么，疯狂叫嚣着："八路！八路！"并指示手下的两个兵："割下他的鼻子他的耳朵！"

赵千驹挺直腰身，视线望向院子外边。只是一名普通民兵的他，将自己站成英雄的形象，咬紧牙，任鬼子血淋淋地将他的鼻子与耳朵一一割下。

终于，钻心的疼让他再也挺不住了，倒在地上无法动弹。

从头至尾，赵千驹没有哼一声。一无所获的日本人恨极了这名中国民兵的行为，看他还没有死，便又拿来斧子威胁："再不说，砍断你的脚筋。"

已经这样了，还怕什么？热血，就是在最惨痛的时候激发的。疼到几近昏迷的赵千驹，满脸血污里一双眼睛发出吓死人的光芒，话语却更加激昂有力："休想！"

日本军官又羞辱又恐怖，大喊：“快动手！”

利斧，高高举起。

那个午后，整个赵墁坡村，只有外村人赵千驹躺在油坊里。他的血从头流到脚，又从脚流向头。

血人赵千驹，在下午时分等回村里的人。

发现了他的人失声大喊。人们不知道，逃难的几个小时里，村里发生了什么样的事。

地上的血人，又是谁？

听到的村民跑到油坊，拨开血污，发现不是村里人。善良的村民流着泪，给赵千驹烧了水喂进嘴里。终于，坚强的汉子醒了过来，忍痛讲了他的经历。

“好好的一个后生呀！”赵墁坡村的人，忍不住为眼前这个外村小伙子痛惜。

赵跃兴说，村里人接到赵墁坡村的通知，跑去把赵千驹抬出来简单包扎了一下，四五天之后抬回村里。当时什么药也没有，就那样硬生生等着慢慢恢复。据当时抬他的人说，见到他时根本看不清模样，从头到脚全是血。

然而几个月后，坚强的赵千驹却挺了过来，可以拄着两根棍子出门了。日本人再没有来郑峪村，很快滚出了中国这片土地。上过完小的赵千驹此后到马家堖做了一段时间扫盲教员。因基本丧失了劳动能力，在地里一直看护牛羊。对于赵千驹的遭遇，县民政局也一直很照顾，后来修水库、修路，让他当事务长。

赵千驹婚后养育了七个儿女。二儿子赵跃兴说，由于父亲无法下地干活，全家加上奶奶一共十口人吃饭，从小家里日子就不好过。

他11岁就放羊，放了五年。后来大了之后，就开始到处打短工。他记得小时候队里分粮食，他家总是因为交不够粮钱而不能按时分到应得的口粮。

虽说艰难，却平安地又走过50年。

1995年2月13日，赵千驹给村里一户结婚的人家当总管后回到家里，突然肚子疼。夜里近十点，把他裹在被子里放在平车上，几个儿子轮流推着走了两小时到了县医院，叫起值班的医生。医生诊断为胃穿孔。次日早八点上了手术台。但40分钟后医生出来告诉家属，人怕是不行了。近一个小时后赵千驹被推出来，医生说没气了。

说到这里，赵跃兴叹了一口气。

赵千驹去世后，县民政局给了安葬费。英雄的一生，至此画上句号。

赵千驹的“民兵伤残抚恤证”上，伤残等级为“二等乙级”。伤残描述为：“右足趾全失去，兼有伤筋骨。”而他领取抚恤金的日子，也戛然停止在1994年底。

1995年4月18日，民政局在抚恤证上写下“此证留作纪念”几个字。

赵跃兴的家里，放着一张母亲的大照片。问他为什么没有父亲的像？他说父亲就有一张照片，不过父亲在世的时候也总是觉得形象不好，就没有摆出来。

隆隆的机声嵌在受伤的脚中

一只“右足趾全失去”的脚，是什么样子？儿子赵跃兴只是一遍遍重复，父亲平时不仅行走不利索，关键是不能干重活。

是呀。如果活着，一只手，一只脚多么重要。

老兵王生怀，也是带着重伤过的手脚，走过70多年。

见他，是2015年深秋的事。当时听力极差表述能力极差的他记得二野，记得15军，记得昆明，记得朝鲜，记得北京，更记得头顶轰隆隆随炸弹飞过的飞机声。

我却只清晰记得他当时手里的少半块馒头。

进门时，他背朝我们，坐在锅台边，在吃小半块馒头。那是下午四点。看到有人来，他急于想放下，便探过身子要把馒头放在稍远一点儿的锅盖上。这样一个动作，他颇费了一些力气与时间。

晚年时的老兵王生怀，捧着他骄傲的青春

（王晓方 摄）

他叫王生怀，见面时，即将满 90 周岁。

采访的十几位老兵中，他的当兵历史最长，从 1942 年到 1954 年，从 16 岁到 28 岁，把 12 年最青春的岁月交给部队。他回到家乡的那年，“土改”已经结束，中国第一个五年计划开始实施，农业合作社热潮正在掀起。12 年后回到家乡的王生怀，眼前的情景与当年的满目疮痍有了天壤之别。

敌人没了影踪，当年的小孩子长成大人，亲人们老了，家也变了。我不知道再次回到村庄的王生怀内心是怎样的感慨。

可是，他听力太差，几乎无法对话。

我们一声一声几乎是吼着，他终于听清来意，却说已经记不清

当兵的历史了。然而后来核实，那天他讲的关键词都没有错。他的语言功能丧失不少，许多话语已经说不连贯。初聊一阵后，我已经决定放弃。然而接下来，他竟从偶然可以听清的几个问题开始，把话题断断续续接了下去。

王生怀生活的高仁村，在武乡县西部，故城镇东部。村子地势独特，东西有两道梁，南面有高仁垴，只有从西渠通往故城的一条大路，进可攻，退可守。在抗日战争时期，这里驻扎过 115 师徐海东、黄克诚的部队。那时候，总部就设在时任村党支部书记闫效修家，主要工作是筹集粮食、打造武器，以及宣传发动抗日。另外还有决死队、独立营、县政府、公安局长期在此驻扎。人们在这里边开荒种地，边寻机打击日本鬼子。独特的环境熏陶下，村里也培养出一批机智勇敢的民兵队伍，他们曾以十人特行队，顺利铲除了当地有名的日本走狗、大汉奸杨明德。

16 岁的王生怀穿起军装，带着高仁村民兵的精气神走向战场。

从此，他被迫看到大片大片的尸体。

真想端起手中的枪，把鬼子一个一个扫出家乡，扫出中国。可是，那时候的枪支，质量实在不好，武器上根本无法与日本人抗衡。王生怀说，枪本就少，用的还经常是别处淘汰下来的。地雷、手榴弹要多一些。与王生怀一样的中国军人，更多的靠一腔愤怒，靠着收复家园的决心与信心，让手中的武器变得威猛。愤怒与决心是出智慧的，数以万计的老百姓就这样，前赴后继放下锄头扛起并不先进的枪，一步步逼得敌人节节败退。

武乡的天空敞亮了，太行山里响起歌声。然而战斗的步伐，并没有停下来。

1947 年，21 岁的王生怀投身到第二次解放安阳的战役中，成为兵临安阳城下十万大军中的一员。从他零零碎碎的讲述中，我知道他起初是中原野战军第九纵队一名军人。那年五月，冰冷扼杀了正欲弥漫的春意，他年轻却已经历了五年厮杀的脸冷峻地裹在破烂的衣服里，听着随时传来的号令。那个时候，他的听力极棒，甚至可以听到身边战友血液流动的声音。周围的一切都浸在寒意里，身体、血、空气都寒光闪闪。

打着打着，子弹就擦过他的头部。他说这是他第一次受伤。他也从未奢望过不受伤。在心里，无数次祈求别过早负伤。因此多少年之后，他一次次感谢命运，觉得在尸首中蹚过十多年，活下来实在幸运。

王生怀跟着九纵的脚步，打进淮海战役。1949 年全军整编后，九纵成为第二野战军第四兵团 15 军，一路过长江，直下云南。

他清楚地记得，那个年是在昆明度过的。也记得当时的津贴是每月五毛钱，有时候两名战士分一元。香烟出奇得贵，买不起。

云南的风情，边陲的景致，全然没有感受到，全是炮火，全是硝烟。

王生怀所在的第 15 军，之后又挺进朝鲜。彼时，第五次战役正拉开帷幕。

头顶上的飞机好多啊，封锁着浩瀚的天空。王生怀第一次觉得浩瀚的天空竟然也会被管束。“连个麻雀也飞不过去。”他这样描述。

躲避，前进，在艰难中寻找着突破的一片空间。然而躲避着躲避着，头顶上还是落下了一颗沉重的炸弹。乘坐的汽车翻了，重重

收到写有自己名字的书，王生怀开心不已　（郝亮 摄）

地砸在王生怀的身上。左手、左脚都受了重伤，当时便不能行走了。

热血变成鲜血。然而王生怀说，战场上受伤算什么？面对那么多死去的战友，受点伤又算什么？说着他弯腰想脱下袜子给我看看他的脚，他说骨头早已变形了，一直疼。费了好大劲，袜子终于脱了下来，我看到他整个脚，就如小时候写作文时比喻的“肿得像个馒头”。

第二野战军第四兵团15军，就是在上甘岭一战中打出了知名度。当时在火力劣势的情况下，15军集中了全部人力物力支援上甘岭战斗。整个战役经历了阵地攻防战、坑道战、炮战，打得精彩纷呈，也成为15军战史上前所未有的战斗。志愿军战史上著名的特级战斗英雄黄继光，就是在反击597.9高地战斗中牺牲的。

王生怀说，他没有打上甘岭战斗，但那是令他一生骄傲的一场战斗。

凯旋的15军，日后也被中央军委改编成我军空降兵唯一的一个军。

王生怀在朝鲜只有一年时间。按照他说的战争与所在部队，应该在1951年进入朝鲜，次年回来后直接到了北京，在空军做地勤工作，直到1954年退伍回家。那两年，是他一生中唯一的一段北京时光。他说抗战胜利70周年时组织老兵去北京，可他由于身体原因，未能参加。现在对北京的印象，是在电视里看到的。他说完全不是当年的北京了，换了模样。

他又说今天的生活多好啊，可惜年轻人都忘了从前。从前真是苦啊！我说那就好好活着，享受现在的好日子。可他叹息自己已经到了“今天不知道明天是不是还活着”的年龄，什么好东西都享受不动了，门也出不去了。

拿起手机，给他拍了一张照片。他笑了，说当年打仗时战场上也有拍照片的，就是这样忽明忽暗地闪。

半个下午时间，除了我们在屋里与他大声说话外，院子外静寂无声。

一间窑洞，就是他的全部。

较当年不同的是，窑洞是新的，宽敞的，洒进屋里的全是阳光。

要走了。院中一阵秋风吹来。一头驴的耳朵顺着风贴在脸上。院里堆了一些收回的谷子，告诉我们这里真正的主人正在庄稼地里忙碌。

天空很蓝。一架飞机从头顶飞过。回身，王生怀的脸映在窗玻璃上，笑里透出暖。飞机声，他已经听不到了。

返程的路上我在想，他是不是会继续吃那剩下的少半块馒头？聊天过程中，我不由得总去注意锅盖上那少半块馒头。我的内心，是觉得他不该在这个时间，只干吃少半块馒头。又想起他的话：今天的日子好多了。

现在想来，在我心里长久挂着的那少半块馒头，是不是该放下了？

就像那轰隆隆的飞机声，已经永久嵌在他受伤的脚中。

新兵血染老槐下

王生怀还隐约记得当年高仁村铲除大汉奸杨明德的事。他也愤愤地说，如果没有汉奸，许多牺牲就不会发生。

被汉奸出卖最悲壮的牺牲，当数上司乡冀家垴村。

我小时候，从我出生的窑头村到上司村姥姥家，一共16里地，步行两个小时。每每走到冀家垴村，便知过了一半路程。

一半路程的象征，便是那棵老槐树。它风雨无阻，矗立在冀家垴村边，以扭曲的身姿迎来送往。有时候，我们会靠着老槐歇歇脚，站在老槐下望望下面静谧的村庄。只是那时候不知道，老槐的心里，藏着血泪。

老槐对血的记忆，缘于一挺机枪。那些日子，老槐几乎天天听枪响，忽而远忽而近。可它不会想到，那一天，那一挺机枪，就盛

气凌人地架在它的身边。老槐拔不动腿，吼不出声，只好玩命摇摆。

那是1943年农历五月二十五，正是麦黄季节。像之前每一天一样，太阳照常升起。

86岁的冀家垴村民魏晋文记得清楚，他说：没错，太阳出山了。那一年，他12岁。那一天，他跟着家人刚刚从逃难的山里回到村里的花儿坡，但一阵激烈的枪声把他们又吓了出去。

枪声就在村上边，老槐下，两个院中。这是两户抗日堡垒户，一是魏海棠，一是杨天中。极端残酷的情况下，他们以崇高的思想觉悟舍生忘死，保护着八路军战士。一次又一次，八路军在他们的院子里商定完一件又一件大事，转移走一批又一批战士。然而这一次，风声告急。老槐下机枪瞄准，两座院子已经被包围。

前一天傍晚，还风平浪静。宁静的冀家垴村迎来一批特别的人。他们一个一个，从老槐下经过，走进两座院中，洗漱、吃饭。来人由八路军769团郭排长带领，是20名刚刚从河北涉县、武安等地招来的新兵。踏上异乡土地的第一夜，一颗颗年轻疲惫的心压抑着兴奋，也压抑着不安。他们认真整理好神圣的军装，抱枪入怀，以战士的姿态入梦。离别的、杀敌的、团圆的……真真切切、凌凌乱乱，他们做着一个又一个从百姓到战士的梦。

天明，他们第一眼看到这个异乡的新村。这是他们即将走上战场的新村，即将立下战功的新里程。

命令还未下达，枪声却响起。

小战士们下意识地抓起还未用过的枪。可是，一切都太晚了。日本人在汉奸魏黑山的带领下一早便赶来，把枪瞄向这些毫无准备的战士。

出逃的路上，布满枪口。老槐下的机枪，叫嚣着疯狂扫向这些稚嫩的身体。从傍晚到清晨，他们还没完全看清这个村庄的面容，便一个接一个带着满心遗恨，倒在血泊中。

远大的杀敌梦，止步于汉奸可耻的告密。

仅仅一上午光景，冀家垴换了天空。平静的空气中，汩汩流淌

冀家垴村边见证了惨案的老槐树　　(李晓斌 摄)

着鲜血的回声。这些战士，有的在院中，有的刚刚爬上茅厕的墙，有的止步于大门台阶，还有的倒在村中楸树圪洞。地点不同，姿态各异，然而**那一颗颗年轻的心，多么想以飞翔的姿势，冲出这噩梦般的场景。作别父母，端起枪。他们渴望兑现承诺，战场立功。他们多么不愿意，这样不声不响丢了性命。**

壮志未酬身先死，多少遗恨在心中。

魏晋文回忆，那个上午刚刚回到花儿坡的他们并不知道战斗是何原因，只在枪声里慌乱扭身，沿沟奔跑，跑下大河路，跑进邻村的寺前沟。他说，那些子弹突突突打在土里，像爆米花一样沸腾着翻滚。与他一起并肩逃跑的本村一位女子，子弹就在那一天擦脸而过。魏晋文说即便伤到哪里当时也顾不得疼顾不得怕，百姓们常常血淋淋地奔跑。他记得那时候带着三弟弟逃难，两人高的台子都想也不想就跳下去了，哪里会考虑会不会摔坏。

“好好的年龄就是顾着逃命了，要不就落得大字不识一个。”想起之前问他的名字是哪个字，他说不知道哪个晋。后来又告诉我们，“不过后来看电视时人们说了，我就是晋中的‘晋’，也是晋城的‘晋’”。

聊天过程中，才知道正在做饭的魏晋文老伴腿上也有伤，也是当时逃难中被日本人伤的。“我娘也是，腿上挂过彩。”魏晋文说，“那时候实在可怕，太可怕”。

魏晋文还清楚地记得，那次他们逃难到寺前沟时，之后还有两个穿八路军服装的人也逃了出来。其中一个腿上受了伤，被另一个扶着。

魏晋文他们是之后回到村里，才发现这场屠杀是针对一群还未来得及走上战场的新兵，老人说：“唉，年轻兵们可怜的，有些听说连军装还没有穿上。”

从逃难点陆续回到村的人们，一具一具，将战士的尸体集中。整整 19 具尸体，陈列在村中。老槐树高高在上，呜咽着左右摆动。

带领战士们进驻冀家垴的郭排长，算是有经验的人。当时，他

坍塌的门洞里便是当年新兵惨死的院落 (李晓斌 摄)

随战士们从魏海棠家门口跑出，跳上邻家魏拴紧窑洞的房檐，保住性命。还有一名新兵，急中生智躲进魏海棠家的石仓内，幸运没有牺牲。他们俩，应该就是魏晋文说到的两个战士。

那位幸存的新兵没有想到，战争第一课，是让他亲手埋葬这些还未来得及携手上阵的新战友。

机枪扫射中，倒下的还有村民。魏磨锁、魏九锁、魏尔存三名老人送命，魏月胜、赵树珍、杨成兰等五人重伤，另四人轻伤。

村民将日本人扫射时的弹壳扫在一起，竟有两箩头之多。

抗日堡垒户魏海棠与杨天中两家，自然损失最为惨重。草房、窑洞全部被烧，甚至连给牲口吃的秆草也烧得一根不剩。而在灰烬深处，人们又扒出两具不忍入目的八路军战士尸体。

19 名战士，3 名村民，22 具尸体写在冀家塪村的历史中。村民回家，一张一张，揭下炕上的苇席，献给英雄。缺绳子，就找来捆麦子的高粱秆。村民尽最大努力，将烈士的尸体以最隆重的方式安葬，告慰他们远方的亲人。

抗战期间，冀家垴也是一片血染的天空。那年的二月初七深夜，30岁的抗日村长徐永盛就因汉奸杨留中出卖，被日本人杀害。据老人们回忆，因得不到想要的信息，敌人残忍地把捅火的铁柱扎进他的腹部。自那时起，这一切就激起了村民杨天中心里的仇恨，村长倒了，抗日的决心不能倒。杨天中自幼家贫，从小给人佃耕，30多岁才与寡居的姚爱香成婚。1937年抗日战争拉开帷幕时，他有了长子；1939年，生下次子。杨天中身强力壮，勤奋能干，农闲时跑扁担，农忙时种地。红红火火的小日子压不住他一颗对日本人愤怒的心。他曾远赴河北涉县索堡，以及黎城彭庄等地送过军粮，更多次为八路军引路，容战士在家中藏身。

一边生存一边帮助抗日，普通村民杨天中也熬到1944年农历九月。然而日本人又一次来到冀家垴。那时候，秋天的玉米刚刚收回院中。杨天中一家四口裹在百姓人流中，逃往一个水涮圪洞。整整两天，他们住在洞中。然而危险还在靠近，无奈之下继续转移。路经的逃难洞内都住满了人，他们只好一路向东南走。杨天中知道，禄村麻斜坳驻扎着区上的民兵抗日游击队，靠近那里，或者更安全。没想到的是，就在他们逃至姚家庄、马家垴一带时，突然遇到日本人。

杨天中，就在这时突然脑后中了一枪，倒地再也没有起来。

堡垒户杨天中，就这样在抗战即将结束时突然丧命。妻儿束手无策，最后在姚家庄与马家垴村民的帮助下，用一块破门板将杨天中抬回家。

讲述者魏晋文夫妇，妻子腿上还残留着当年子弹划过的伤痕

（李晓斌 摄）

解放的号角，很快吹响。冀家垴村的老槐摇摆一阵，呜咽一阵。

到 1950 年，当年牺牲的 19 名战士在此已经沉睡了七年。然而战友没有忘记他们。当时机智脱身的郭排长与另一名幸存者，幸运地看到中华人民共和国成立。他们惦着这里埋葬的战友，于是带领战士的亲人前来，九具战友的尸体跟着亲人回家。而剩下的十具尸体，或许是亲人也在战火中牺牲，或许是在战争中辗转失去了信息，就永远长眠在冀家垴这片土地上。

老槐依然在高处，遥遥守护着长眠战士的灵魂。

山交沟的一九四二

英魂，遍布武乡的每一寸土地。那八年，日军在中国大地上肆意践踏，拆散骨肉，打散亲情。武乡的老县城被一把火焚烧之后，日本人又像主人一般强行进驻段村，把武乡被迫分为武东、武西两个县。兄弟俩你看不到我，我望不到你，长达五年。

故城，当时便属武西县，该镇的山交沟村当时是武西的抗日游击根据地，临近白晋铁路。

2008年9月，随着晋中市文物局工作人员在祁县刘家堖村发现白晋铁路遗址，这条十分重要、费尽周折、多方争夺、不断遭到破坏的山西较早期的窄轨铁路又出现在人们视野。这条线是阎锡山政府1933年制定的山西省十年建设计划的产物，是指从祁县东观白圭村到晋城的铁路线，是省城通往晋东南的主通道。然而，由于白晋

线设计修建时处于最激烈的战争时期，这条本可以很早就造福于山西人民的重要铁路，却从来就没有全线修通过。这条于1935年动工开始修建的铁路，在完成了从东观到子洪口15公里长的一段后，侵华战争全面爆发。工程被迫于1937年秋天停工。1939年6月，占领祁县来远镇的日军中村中队惊喜地发现了这条中断的线路，于是调集中国民工继续向前拓展，三年后修至临近长治市的北面郊区，被日军称为“东潞路”，并很快成为其运送物资、掠夺资源、调动兵力的主干线。从此，“白晋线”成了沿线八路军和各种地方抗日武装锲而不舍的打击目标。线上也有了一批批“铁道游击队”，他们的任务就是撬下钢轨，然后由壮小伙们扛着开始长途艰辛跋涉，从来远山沟里钻到榆社，再从榆社到武乡洪水，再翻山扛到黎城黄崖洞兵工厂。一根根被拆下的钢轨，变成枪。

白晋线上的日军，不仅会常常面临重修铁路的尴尬，还会时时受到各种打击。

今天，许多村里还流传着一些故事当笑话讲：晚上，八路军召集周边村民拆卸铁轨然后一路传送到通往黄崖洞方向的村庄；第二天，日本人再强迫村民们从别处运来铁轨，修复安装。周而复始，许多村民便天天走在运送铁轨的路上，身心疲惫。村干部考虑到这一点，便把村里的劳力进行轮班安排，这样才有了倒替休息的机会。

山交沟村是八路军和决死队四连、七连、九连，以及武西独立营驻扎的地方。这个村有一支出色的民兵队伍，始终配合决死队开展工作。1942年秋收后，南沟日军在狮则沟抢粮。这个消息传来后，决死队四连迅速集结山交沟、茅庄等村的民兵，在抢粮队返往南沟途中，在北涅水村南狮则沟门口阻击，只用两小时战斗，毙敌

讲述完抗战记忆的李景珍老人执意要在孙子的搀扶下送我们出门，身后大门上“祥和家园”四个字出奇地温暖 (李晓斌 摄)

14名，生俘36名，20余辆牛车一百多袋粮食全部被夺回运往山交沟，藏在山交沟村东山头的清代文昌塔下。

发生了这样的事，人们知道敌人一定不会善罢甘休，于是白天生产，晚上外出躲避。20多天过去了，没有动静，不少人便回到家里睡觉。没有料到，在农历十月二十三这天来了报复的日军。那个黎明，驻扎在镇南沟据点的日军集结白晋铁路的兵力，星夜包围了山交沟。他们一来夺粮，二来寻找八路军与民兵。

山交沟村81岁的李景珍老人讲，八路军其实之前就转移了，粮食也带走了。那时候，他的父亲是民兵。因母亲早逝，父亲把他托付给村里一个老婆婆。凌晨时分，放哨的人就发现离村七八里外的

狗叫声异常，感觉会有情况，当时便回到村里向民兵队长李行成汇报，还顺便拐进家中告诉父母。据说父母还怪他：不好好站岗回家来干吗？然而天刚麻麻亮他返回哨岗的路上，发现高处有个人影在晃动，一叫，对方一枪把他打死。父母的责怪，成了与他最后的对话。

枪声惊醒了村民。六岁的李景珍也被照看他的老婆婆一把拉起来拖着就往寨沟跑。但他们很快被对面坡上的日本人看到，于是朝着他们一顿扫射。他说跑的过程中老婆婆或许是近距离看到了敌人，于是迅速把他按倒在地上并护在身下。几乎是同时，一颗子弹呼啸着下来打在眼前的一块石头上，之后砰地蹦起来飞向后面一个妇女的身体。年幼的李景珍不知道发生了什么事，只看到一个人应声倒下。

找不到八路军又找不到粮食的日本人疯狂地把怒火撒向村民。民兵队长李行成及民兵李赖小也在突围中牺牲。抗日村长李秀华被敌人抓走，听说村长会一些武功，打伤了几个日军，因此被残忍地挖去眼睛，割掉舌头再用乱刀刺死。塔底洞口的 13 名群众被敌人杀死 12 个。据在县政府工作的老干部、山交沟村人李银尧回忆，有个不到十岁的女孩看到她妈妈被杀时，一口咬住敌人的手，之后被两个日军拉住两条腿生生拽死。那一次，李行成一家八口被杀七口，只有媳妇回娘家逃过一劫；李书林全家四口被杀三口；李银尧的六爷、九爷被杀；李藏英等六人被杀。山交沟村这次惨案共死亡38人，受伤 13 人，被抓走 60 多人，烧毁房屋 70 多间，抢走耕牛羊群 200 余头（只）。

当时，山交沟村三百多户人家全部姓李，家家有人被杀，整个村庄阴云笼罩。

“日军占南沟，杀人如割草；血染山交岭，山交沟是铁证。如果你不信，山交沟去打问。”

事隔70多年之后，我以这样的方式打问到幸存的李景珍老人。多年之后，记忆虽然不再清晰，却依然深深存在他脑海里。他说第一次，日本人是骑“洋马”来的，那天他跟着母亲在村里一户人家玩，对闯入村中的陌生人丝毫没有害怕的概念，还在母亲的腿间一圈圈转着玩；第二次日本人进村，把妇女儿童集中在树下，不知道讲些什么，还给孩子们发些糖；第三次就是1942年农历十月二十三，让他一生难忘。

段村解放了，日本人灰溜溜撤了，中华人民共和国成立了。李景珍也熬过他苦难深重的童年。山河一地破碎，家园一片狼藉。好在，他可以不用逃了，他可以走进学校坐在教室里了。与许多因穷困上不起学的孩子相比，李景珍是幸运的。1950年，14岁的他从武乡第三高小毕业，正茫然不知做什么之际，校长给他写来一封信，告诉他国家正在征兵。李景珍说当时根本不知道是要去抗美援朝，就那么穿起军装，成为中国人民解放军铁道兵8503部队铁三师的一名战士。当时第一站到达太原，很快又去了北京丰台，一边训练一边负责后勤物资。不久他们接到任务，就是给朝鲜运送物资，一个班押运一辆车，送到新义州后即返回。1952年结束给朝鲜的运送物资工作，回到北京军区后勤部营房，地点就在北京西四丰盛胡同32号；1957年随部队到了福建漳平，修建鹰厦铁路；1959年冬天又到了湖南，之后转至江西抚州，在森林里砍伐木材，搞建设；1960年部队转至内蒙古乌兰浩特，给总后勤部生产粮食，开荒种大豆；

1964 年 7 月，回到武乡。他说交档案时武装部领导当时也承诺给他找工作，不过回到村子正赶上搞社会主义教育运动，村干部便让他帮忙，从此便一直待在村里。

老人不紧不慢，一步一步细致严密地给我讲述着他的经历，没有一句重复的话，也几乎没有停顿下来想。

李景珍所在的铁道兵部队在抗美援朝期间立下汗马功劳，当时志愿军铁道兵积极抢修，抢建铁路、桥梁，使铁路运力比战争初期提高了 7.5 倍，保障了“钢铁运输线”的畅通无阻。前后共有1136名铁道兵官兵英勇牺牲，2881名官兵负伤，涌现出杨连弟等一大批英模，1.21万人立功。

美国空军发言人曾这样感慨：“在差不多一年的时间里，美国、南非、澳大利亚和其他盟国飞机一直在轰炸共产党的运输系统，但朝鲜仍有火车在行驶……坦率地讲，我们认为他们是世界上最坚强的建筑铁路的人。”

今天，我面前这位坚强的铁路人并没有诉说他们当年的艰辛与荣耀，只是简洁而清晰地告诉我他的经历。

“现在给待遇吧?”

“给，每月八九百。”老人说，“优抚待遇，一年下来有将近万把块。”

离开时，老人执意要起身相送。一直站在身边的孙子扶起爷爷，送我们到大门口。挥手间，军人风范犹在。

挂在塔尖的记忆

李景珍的身影，瞬间将我拉回到 2015 年 10 月，我在县城见到的另一位老人——88 岁的郝生荣身上。

郝生荣 1944 年走进军营时，今天的县城段村还被日军占领着。那时候，段村还不是武乡县城，县城在今天的故县，当时叫南亭川，是公元 491年由榆社县北的社城镇迁来的。然而 1938 年 4 月日军“九路围攻”时，一把火焚毁了这个有着 1457 年悠久历史的老县城。据老人们回忆，老县城属于“龙兴”之地，有东西南北大小河流汇集于此，也是后赵石勒皇帝的出生地。经一千多年发展，商铺林立，十分繁华。然而一把火之后，这里几乎被夷为平地。1940 年 6 月，日军又占领了距离故县仅七公里的段村镇。从此，武乡被迫以段村为界，分为武东、武西两个县。武乡县委、县政府搬入大有乡王庄

沟。1945 年 8 月 26 日段村解放后，武东、武西于 9 月份合体。县委、县政府又搬回故县寺背后，一边工作一边修复房屋。但因全部是残墙断壁，难以修复。1947 年 6 月，在晋冀鲁豫中央局召开的各县领导干部代表会上，武乡县参加会议的代表根据上级领导的意见，提请将武乡县委、县政府及所属机关迁至段村，定段村为县城。7 月，决定了县委、县政府与段村解放完小互换场所，地址在段村玉皇庙。1951年 8 月，中央老区慰问团团长杨秀峰将旧县城南亭川改名为故县。

郝生荣的军营第一课，便是在当时的敌占区段村的枪林弹雨中度过。这个古城，残留着他别样的青春血泪。

见他那天，段村阳光灿烂，风和日丽。既有上班族匆忙的脚步，也有一排一排的老人靠在墙边暖阳里沐浴着晚年时光。县城的包容心总是很大，把都市与乡村的多元化潮流融合得行云流水。

如约去到郝生荣住的儿子家，却不见他。儿媳说，刚刚还在，怎一转身就不见了？

之前想着，一位如此高龄的老人家，一定在床上躺着。于是一伙人兴奋地出门寻找，竟没有。儿媳边自语奇怪，边问胡同里坐着的一圈老人，她们指着下面的马路说，转过去就看到了。

果然，就在我们来时经过的马路转角处，一家超市门口，郝生荣拄着棍子，与另一位同伴并排靠在墙边。同伴不时在他耳边说着话，他却似乎心不在焉，眼神更不时盯着远方，出神。

远方，他的目光尽头，一座塔尖，矗立在四射的光芒里。

当时不知道，那个塔尖，挂着他满满的记忆。

塔叫千佛塔，耸立在县城中心宝塔广场中央，镇定着一代又一

1945 年解放段村后，战士们在千佛塔下庆祝

（郝雪廷　提供）

代武乡人时而涌起的一颗颗或狂躁或不安的心。千佛塔原为古段村镇东门外净业庵遗留建筑，传说是当初的名和尚阎福江主持修建。被武乡人称为“阎师父”的阎和尚，俗名阎福江，字洪润，广平府飞翔县（今河北省肥乡县）烈马台村人。他 32 岁出家在五台山修炼，后外出云游到武乡，先住在长庆庙，后移居净业庵。据说他通天文，会医术，能随手折枝摘花草给人治病，深得乡民尊敬与崇拜。为修建这座千佛塔，他从清康熙三十八年（1699）开始，到康熙四十九年（1710），历时 11 年辛劳建成，为武乡留下一处重要的历史文物。

今天的千佛塔，依然高高矗立在原地，护佑着老区人民

（王晓方　提供）

千佛塔为砖石结构，共 13 层，高 31.5 米，塔体为锥形空心体砖石结构，八角攒尖顶；塔内层与层之间有木楼梯相通，每层皆放置有形态各异的佛像；八面砖墙之上，皆有各种佛经故事浮雕。因塔内佛像众多，故称为千佛塔。塔外以围檐做界，每层的八个塔角上均吊有风铃。当清风拂过，铃声叮当，悦耳动听。塔的顶部有金属、玻璃组成的插花朵叠的皇冠顶戴，顶高约两米，和整个建筑浑然一体。天气放晴时，顶戴金光四射，耀人眼目，颇为壮观。顶层正中垂头柱传说是老佛爷的铁胆铜心，有“摸一摸铁疙瘩，能活九十八”之说。千佛塔底层外部、北面塔壁中间雕刻有“清康熙四十

九年建”字样。

登上千佛塔，武乡县城全景即可收入视野中。

然而1945年，这塔几乎被毁。1940年夏天，日本人在段村安下据点后，繁华古镇段村就成了阴森恐怖的人间地狱。城墙上修筑了密集的射击孔，四角碉堡高高耸起。日军不仅占领了段村镇，把千佛塔当成重要的工事建筑，在城外还设了多处外围炮楼，其中以王家垴碉堡尤甚。这处碉堡处在段村西北笔直如刀削的山上，拔地而起，耸立在高高的山峰之上。日军的一个加强连屯集在这里，居高临下，以凶猛的火力封锁着进入段村的我方部队。

古老的千佛塔，被困在古镇望眼欲穿，默默等待着亲人的到来。

旧时的千佛塔，充满着一个又一个神奇传说：有一年，一个小伙子登塔玩耍，不小心从第八层掉了下来。就在大家都觉得他必死无疑时，他却从地上站起来，拍拍身上的尘土无事人一般离开了。

对于千佛塔，郝生荣的记忆也总是停留在从前，对于眼前的县城也是。正是他风华正茂的那几年，这里却不是自己的，整整五年。那时候，郝生荣与战友们沟上岭下，雪里泥里，为的就是夺回属于自己的家园与土地。他叹，可惜咱的武器不好，有时已经瞄准了，枪却打不响，干着急。后来打了几次日本人，缴获了一批好枪，都是三八式，戴盖盖的。

好枪毕竟不多，却越缴越多；自己的武器虽然不好，却越磨越刚。随着战士们坚韧的脚步，一寸一寸收复着自己的土地，一步一步逼得敌人节节败退。

1945年8月25日晚上，战士们逼进段村，逼到千佛塔前。

坚固的古塔，成了敌人负隅顽抗的唯一筹码。

千佛塔内的40名日军岂肯善罢甘休。他们已然把这里当成自己的家，尽管他们在坚固的塔内，还是清晰地听到越来越密集的枪声，听到中国人民欢呼抗战胜利的声音，就要走到尽头的他们，开始了可怕的垂死挣扎。

外围的王家垴炮楼，正被769团二营一部发起攻击，新兵小王憋着一股气，一连投完放在箩筐里的手榴弹，看着敌人一个个被炸得血肉横飞。然而就在他乘胜再取弹药时，却被一颗流弹击中胸部。周围的战士清晰地听到，他18岁的热血汩汩流在绿草如茵的山坡上。

随后的呼啸排山倒海：13团一营奇袭城西主碉，决九团占领东村山，突击排一连二排在烽烟战火中搭梯登城。日军的抵抗也是前所未有的，我方云梯被打断，城下遇火力封锁，甚至凌空投下燃着火光的被褥……

天怒了。一场倾盆大雨，随着轰隆隆的巨雷于次日凌晨倾泻而下。雨水、血水、泪水、汗水、泥水，郝生荣说，这些通通都被扒开，只将敌人聚在视线里。

同仇敌忾下，青纱帐也甘愿做战士的掩护屏障。8月的高粱，高高挺着脊梁，像一个个无声的战士，收纳着积蓄力量的英雄儿郎。尽管伤亡不小，我方还是连续攻下王家垴碉堡，攻破南城墙地，冲到千佛塔下。

有一个事实，极其过瘾。那就是1938年春天日军到达武乡后，一架飞机曾飞过段村镇上空，投下八枚炸弹。七枚都爆炸了，其中一枚落在村里，将此处房子炸毁，房主人是一位叫葆朴的老人，他的头部也被炸伤。只有落在千佛塔塔座旁边的一枚没有爆炸。当鬼子的飞机随后向中央军行走的方向飞去时，不知什么原因突然掉了下来，落在离段村不远的东黄崖，连机带人烧毁了。人们都说，那枚投在千佛塔旁边的炸弹，是被阎和尚捻断了信子。阎和尚又怕飞机再伤害千佛塔，就登上塔顶，用一根牛皮鞭子对准飞机挥鞭一甩，把机头给打掉了，所以鬼子落了个机毁人亡的下场。

抗战的最后决战时刻，神奇的阎和尚，是否与战士们一起，凌空高高俯视着这血与火的战场，随时准备再次挥鞭护古塔？

塔里的日军借助地理优势，用轻重机枪疯狂扫射，让我军想要靠近塔的愿望一次次落空。

作为 769 团一名战士，郝生荣的记忆总是不由得停留在塔下。抬头，密集的战火迎头射来，眼睁睁看着几个攻塔的年轻战士倒在塔下。

万般无奈，八路军决死第九团请求，调重炮，轰击千佛塔，保证不用两响，就让塔内的敌人粉身碎骨。郝生荣承认，那个时候，杀红了眼的战士们都忘了塔，更忘记阎和尚当年倾尽全部精力的不易。是呀，血肉之躯都敢顶在枪口，哪里会考虑到一座无声的塔？

“那时候，我们也不知道塔的重要。”郝生荣说的是实话。这些被从田间地头直接拉上战场的人，哪里会知道一座塔对于后世的意义？他们心里想的，仅仅是夺回家园，赶走敌人；仅仅是可以重新回到自己的土地上，日出而作，日落而息。

这样平凡的日子，是那时的奢望与梦想。于是，郝生荣每每坐在街边，望着街上川流不息的车辆与人流，再一抬眼看到空中的塔尖，脑子里就会急速回荡起一些人，一些事，也总会不由自主地长叹一口气。有时候，与他在一起的同伴问他缘由，他也是轻轻一句：

说出来，你也不会懂。

没上过战场的人，自然不懂他们多年掩着的心事。

诸多心事里，有一桩，他一提起就伤感无比：可惜了那些“响马”。

看我惊异的眼神，他说“响马”不是你理解的那个意思，是真正有本事的人，是八路军特务营的人。是的，“响马”一词，古指拦路抢劫的强盗，但也有人把“响马”作为英雄好汉的代名词。比如，唐代开国功臣、现在被当作门神供人膜拜的秦琼及瓦岗寨好汉就是“响马”出身。

郝生荣之前，我从未听说过将八路军战士称为“响马”。不过八路军 129 师的主要下辖部队除 385 旅、386 旅外，确实还有特务营、工兵营、骑兵营等多个留守部队。从他嘴里，我了解了当时被他们称为“响马”的这些好汉。郝生荣说，他们能从空中走，每人都配着手枪。我想，他说的从空中走便是所谓的“飞檐走壁”吧，他说就是。那些人抓住房上一根椽一晃就上去了，与《西游记》里的孙悟空一样。

可惜，我多方寻找资料，也没有看到有关特务营的资料。倒是看到一些文章，说的是红军特种部队特务营的事，说他们个个都身手不凡，以一当十，配备都是清一色的德国造短枪，行动时来无影、去无踪。红军时期特务营的主要工作就是深入敌占区取得情报和枪械、粮款，百十里路几袋烟时间准到，而且经常夜间作战。后来，中国人民解放军大将徐海东说：“你们特务营就像是豺，白天不请夜晚来。”这些琐碎的资料证实了郝生荣的说法，抗日战争时期的特务营，一定是原来这支特种部队的延续。

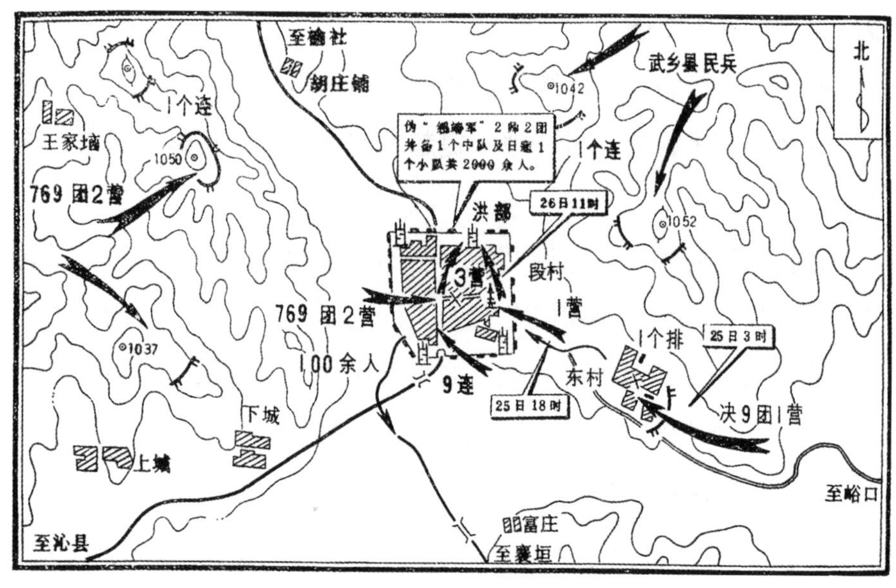

解放段村战斗图　　(郝雪廷　提供)

让郝生荣至今仍然叹息的是:"可多牺牲了那些好功夫的人了!""应该咱死了把人家替下来,咱的命不值钱!"

郝生荣一次次说起特务营的人,也是因为那个塔尖。他说一看到天空,就想到那些"飞人"。那时候,作为普通一兵,他是多么仰慕那些神一样的人。战争中,一些不好克服的困难,往往特务营出面即可解决。比如当初打胡峦岭,一个炮楼,迟迟打不下来,因为炮楼里除了四五十个日本人还住着老百姓。日军的一挺重机枪就在百姓窑洞里安放着。几番攻击无果的情况下,最终请来能飞檐走壁的特务营。郝生荣说根本没看清他们怎么上的炮楼,反正最后在日军住的窑洞里成功安装了炸药,敌人全部死在被炸塌的窑洞里。

他说当时与千佛塔内的日军对峙时,脑海里就闪现出特务营。

英雄跃上千佛塔，是不是极具科幻性？

而千佛塔，在调动特务营之前突袭成功。

郝生荣说当时在无奈的情况下，“就打算把塔糟蹋了”。然而，让40名日军陪葬三百年的古塔，还是触动了军中高级将领的心。

日军或许也觉得，八路军不可能轻易炸毁古迹，于是蜷缩在塔中，侥幸寻找最后的生机与突破。

对于决九团调重炮的要求，时任太行军区司令员李达没有答应：“千佛塔是文物古迹，各参战部队务必好生保护！”

军令如山。于是将千佛塔全面围困。郝生荣说整整五天，断了日军的吃喝。在敌人战斗力大大削弱的情况下，战士龚金来、张顺瞅准机会，冒死利用射击死角绕道冲进塔内，高举手榴弹，迫使躲在塔内的日军重机枪班全部投降。

那一幕，有资料这样描述：只见一个战士，瘦高个儿，腰里别着一枚手榴弹，东绕西转，躲过敌人的火力网，敏捷地贴近塔下，然后一个鹞子翻身，便跃上二层，又像猴儿一样爬上三层、四层，一直到达十三层……

这身影，岂不是郝生荣念念不忘的“响马”？

夺回千佛塔后，决九团又乘胜抢占了伪县公署，打击了龟缩在城东北角炮楼里的日本鬼子，粉碎了日军指导小队“武运长久”的妄想。

高高耸立的千佛塔，重新映射着太阳的光芒。这一战，被距八里地之外的当时太行文联主任、武乡本土作家高沐鸿全程目睹，他即兴写下诗篇《攻塔》：

撤围沁县打武乡，
段村敌胆闻风丧，
一撮活尸僵塔上，
想和那千佛古塔共存亡。
炸不得塔呀开不得枪，
下命令者是诸位首长，
炸了高塔呀灭古迹，
不打鬼子又留祸殃！
英勇战士显奇能，
攻进塔内迫使敌人交了枪。

阎和尚的笑脸，在阳光里若隐若现。

随着段村的解放，1945 年 9 月，五年前因日寇侵略而被迫分割为武东与武西的两姐妹，终于再次合体，相拥而泣。这座耸立着神奇千佛塔的古城，也在两年后成为武乡新的县城。

千佛塔，也除去束缚，含泪高高舒展在它深爱的土地上。

直到今天，直到永恒！

说起当兵，郝生荣自嘲有些稀里糊涂。他说自己 16 岁就结婚了，妻子与他同岁，可是他不知道，妻子竟然早就是共产党员。那时候妻子和同道者经常在深夜辗转各村开会。有一次让他也去，他就去了，也因此 17 岁就穿起军装。个子极其矮小的郝生荣说，他不怕打仗，因为喜欢枪。直到今天也非常想拥有一支枪。但他说，战场上确实有战士害怕，但是军令如山，让你在上面一块地打就不能到下面一块地。他亲眼见过一名在高处的战士因为对方火力太猛而

日日靠着墙根聊天晒太阳的同伴，或许不知道身边这名矮小的老人，曾经是战场上一位英雄（左为郝生荣）

害怕，跳了下来，当时就被他的上级枪毙了。

1945 年，郝生荣在屯留老爷山战斗中左腿受伤。他说现在里面还有子弹残留。当时没有条件做手术，后来想做时，医生说弹片已经卡在骨头里了，不好取。他说现在就是看天气，除天阴下雨发痒外，有时候会肿得很粗。复员回来后在村里当了 15 年队长。“当队长也受累呢，自己得领头干。”

2015 年抗战胜利 70 周年，他与其他四名武乡老兵去天安门广场参加了阅兵仪式。他说北京就去过这一回，非常高兴：“可好呢！看看北京那宽马路，国家领导人真是了不起！”

我要走了，郝生荣不忘之前马路边叮嘱他“快点回来”的同伴，也随我出来。他拄着棍子，拖着受伤的左腿，一路走一路要抢过我手里替他拿着的坐垫，直到我坚持把他送回依旧在等待他的同伴身边，他还是很抱歉："不合适，叫你替我拿。"

扶他坐下，与他告别。

他目送我过马路，上车。

身后，他的目光重返塔尖。

我在对面，你却看不见

目光挂在塔尖的郝生荣也许不再记得，当年从部队因伤回乡时，与他一路同行走到最后的有一位同乡叫赵松秀。1945 年，两人同样带着八级伤残，回到家中。

赵松秀说，当年伤兵们作别部队，在左权县办完第二次手续回到武乡境内时，身边只剩下两个人。步行百公里一路回到家乡，赵松秀再也无法保持沉默。他主动开口，各怀心思的三人才有了交流。他说其中一个，就是与他同属蟠龙镇的龙湍村人郝生荣。

接受采访时，94 岁的赵松秀老人的听力也很差，但交流是没想到的顺畅。他几乎是一口气给我讲述了从当兵到退休的全部经历，很少有重复。

赵松秀老人所在的武乡县蟠龙镇大陌村，是一个抗日英雄村。

1939 年 11月底，抗大一分校留守大队从壶关县神郊村来到大陌村，驻扎在村西的刘新发家。今天，当时上课的二楼土墙上还可以清晰地看到当年学员留下的字迹：“团结紧张活泼，严肃我们作风。”“提高文化，学习技能，加强政治，掌握技术。”“培养技术人才，支援前线胜利！”“决心、耐心、细心，认真才能学得东西。”“克服小孩子气，贪玩要闹不务正干。”

那时候，大陌村的妇救会主任是史改转，抗大一分校的三位女学员就住在她家东窑。

那一年，赵松秀 18 岁，正是青春年少的壮小伙。不过那个时候，他只是一个有着五年放羊经历、大字不识一个的穷小子。他一定不会知道，生养自己的山村正悄悄发生着历史性转变。他说当年抗大学员训练的地方就在他家西面的场上，唱歌、喊口号的声音经常传进他的耳朵。然而他每天做的事依旧是带着一群羊，在村里的坡上岭下觅食，一直到 23 岁。

连羊都放不成，是因为日本人全面入侵。1940 年 5 月底，侵华日军占领武乡县段村镇后，于 1943 年 6 月派一股日伪军又驻扎到蟠龙镇，勾结当地的汉奸和伪军在各村烧杀抢掠。赵松秀家的西房，也被鬼子烧了。而史改转更是因了在这一年亲手掐死一个日本兵，成为太行山上响当当的传奇女英雄。

这些事，村里的赵松秀当然听说了。但 1944 年部队在村里扩军时，他却没有参加，就是因为对打仗的恐惧。然而八路军 129 师 769 团在次年再次扩军时，他没有再犹豫，放下镢头穿起军装。

赵松秀的镢头，一放就是几十年。他更加没有想到，来自镢头的恐惧不在地头，而在战场。

2021 年，百岁老兵赵松秀接受央视拍摄团队采访

（李晓斌 摄）

赵松秀与大多数老兵一样，战争的培训老师就是血淋淋的刀枪。他随着上党战役帷幕的拉开走上战场，攻克屯留、潞城，解放长子、壶关……一路打，一路看到敌人被俘。那几天，他记得吃了几顿煮小麦，铺盖卷也顾不得扛，跟着大部队走走停停，不分昼夜。

太阳落下去，又升上来；雨停了，太阳再出来。天空一直在变，战斗却不停止。

赵松秀说自己当初丝毫没有战斗经验，是所在连队的指导员一直照顾着他，一路让赵松秀紧紧跟随。

走着走着，赵松秀跟着队伍走进一个村，走进一条沟。

赵松秀说的是屯留县老爷山战斗。如果没有错，他当时处的位置应该是磨盘垴，一道东西长五公里的山梁。而他参加战斗的时间，应该是1945年10月2日至6日，这里是当年上党战役的主战场。

天快明时，口令起，攻击开始。敌人在上面，他们在下面，子弹在一片一片土地间飞来飞去。太行山的天空，下着瓢泼大雨，更飘着密集的弹雨。初次扛起枪的赵松秀，也在枪林中被迫积累起经验，克服恐惧，明白了一个战士的真正含义。

勇气之门一旦打开，便不会再关闭。我军密集的战火打退了敌人。又是一次胜利，他再次欣喜地看到俘虏们举起双手，把手里的枪一支支扔在脚下，四五十个失败的背影无奈地被押解着撤离。

赵松秀至今都觉得，自己是幸运的。刚上战场，就接连看到敌人如此近距离缴枪。他发自内心希望，跟着指导员，就这样一直战斗下去，看到更多的敌人在眼皮子底下投降。

然而这一仗之后，他却没了机会。俘虏的敌人被押走后，指导员指示他及另外两名战士，往前一百步，挖一条战壕，准备下一次战斗。三位战士的心情是欣喜的，脑子里不时闪烁着敌人被俘的场景，挖掘的进度非常快速。

挖着挖着，天亮了。

光明，在战争年代是一个很糟糕的东西。这一天，赵松秀便被光明所害。三位挖战壕的战士被上面的敌人发现，向他们开了枪。

这一次，是他倒在敌人眼皮子下面。

子弹深入肉体，疼痛一定撕扯着骨髓。没想到赵松秀说，根本不是那样的。鬼子的一枪，当时打在赵松秀的胳膊上，他并未觉得疼痛，他甚至不知道自己已经负了伤，不知道子弹已经进入自己的身体。他说“只以为被镢头捣了一下”，直到战友看到他流出的血。

关于刀枪的疼痛，赵松秀是第二位告诉我真实痛感的人。第一位是在山西做茶叶生意的一位福建朋友，2000年初，他在太原街头肉身挡刀，成为一位受人尊敬的“见义勇为”英雄。记得那天为我描述利刃扎入身体时，只是瞬间冰凉的感觉，而不是人们通常说的痛感。因此当赵松秀老人向我描述子弹进入他的胳膊时，我信了他“被镢头捣了一下”的感受。我没有问他穿军装前在田间劳动是不是被镢头捣过，可我知道农民一定懂得被镢头捣一下的滋味。

“被镢头捣了一下”的赵松秀因此离开战场，在长治市郊区黄碾镇的安居村一处庙里治疗了两个多月。

胳膊伤了，不能再扛枪。于是出院之后，他与当地所有的受伤士兵一起，从黄碾，辗转潞城、黎城、河北涉县，往东北、再南拐，最后到达一个村子。在这里，阵容强大的伤兵让他震惊。那些天，他与陌生的战友一起，在各种伤，各种痛里聊经历的战事，聊各自的故乡与亲人。聊着聊着，从一个门里聊出一个颇具气势的人。经介绍，他们才知道面前这位便是当时华北晋冀鲁豫边区政府主席、后来成为北方大学主任的杨秀峰。杨秀峰看着受伤的战士，肯定他们受的苦，耐心给他们讲当前的形势。伤病虽然让他们上不了前线，但政府会给他们抚恤金，让他们放下思想顾虑，安心回家。

伤兵们含泪作别部队，告别战场，踏上回家的路。赵松秀记得一路上办了两次手续，一次在河北涉县，一次在山西左权。战争虽然纷乱，程序却规范。伤兵们带着军人的名分与伤残证明，踏上回家路。

开始的队伍很庞大，称得上浩浩荡荡，这些在战场上彼此不相识的人，结成特殊的战友群。然而他们毕竟是伤员，听着身后的枪声，想着渺茫的家乡，彼此并不多言语。

他们不知道，海拔 1226 米的老爷山顶主峰上，那座莲花舍利塔上弹痕累累，大大小小的弹洞留了百余个，记录着他们带伤离开后的惨烈与悲壮。

远远地，他们还会时不时驻足向着老爷山的方向遥望。想一想，与自己并肩过的战友是否安好是否可以继续扛枪。

伤兵们磕磕绊绊，一路走一路分别。有人打声招呼，有人只低了头，换一条路继续沉默行走。

庞大的队伍，渐渐零落。

赵松秀说，看着越来越小的队伍，他几次心生酸楚。这样的疼痛，甚至胜过他受伤的胳膊。走着走着，就散了。赵松秀向着家乡的方向，不停地在心里重复着这句话。

走到最后，除了同镇的郝生荣，还有一位是监漳镇下北漳村人，叫暴步云。郝生荣与暴步云的伤均在腿上，三人一路走，一路回顾着受伤时的情形。

时间流过 70 年，我感慨赵松秀老人强大的记忆。

巧的是，我恰恰在赵松秀之前见过郝生荣。一路从河北涉县同行回来的两位老兵在采访时身体同样健康，同样见证了纪念抗战胜利 70 年。不同的是，郝生荣到天安门广场参加了纪念抗战胜利 70 周年阅兵仪式，赵松秀未能同去。

而暴步云，早已不在武乡县民政部门健在老八路的名单中。赵松秀老人也并不知道这三个字如何写。我换用不同的字检索也没有找到这个老兵，然而有一天在一份资料中看到闻名上党的“暴庆堂”中队时，终于想到这个“暴”姓，也最终多方核实出“暴步云”这

个英雄的名字。暴步云是武乡县监漳镇下北漳村人，村里的妇救会当时极其有名，涌现出了许多“娘叫儿，妻送郎”勇敢杀敌上战场的动人事迹。暴步云，就是在 1942 年被时任村妇救会主席的妻子王改花动员参加了八路军。待他三年后在老爷山战斗中光荣致残荣退返乡后，妻子又将大儿子暴中先送往部队，让儿子接过父亲手中的枪。暴步云一家成为两代革命军人之家，载入家族光荣史册。

赵松秀从未后悔走上战场，只遗憾自己真正的战场经历只有短短 20 多天。他记得在庄稼长到正熟的秋天穿起军装离开家，到过年就带伤回来了。

直到两年后，他受伤的胳膊才好转一些，开始了结婚生子的正常生活。

与从村里走出去的大多数老兵不同，受伤的赵松秀幸运地成了有文化的“公家人”，退休前几乎没有再接触过镢头。起初为了养家，赵松秀跑到本镇的柳沟煤矿做起矿工，一篓子 150 斤重的煤粉，他背了三年，由于表现出色被提拔，离开井下做起管理。聊天过程中，我一直观察这位老人，他的经历算不上太传奇，却也足够吸引人。从一名普通的井下工人，一路被领导看中，历经煤矿管理、建筑工程公司材料员、保管员、管理干部；工作地点经过武乡柳沟村、长治市、吕梁山区、太原、榆次。其间还在当时的华北干部学校（自述）脱产正规上了三年学，其中在石家庄一年，在北京二年。

他上学期间啃书的经历，更是连当时的校长都深深叹服。

从一个放羊娃到军人，最后从华北工程局管理岗位退休，不能不说赵松秀在事业上实现了令人难以置信的华丽转身。

我靠近他，拿出手机，打开自拍模式，“大爷，我们俩拍张照

尽管看不到，赵松秀依然把《重回 1937》日日放在枕边，他知道，里面有他的荣耀时刻

（李晓斌 摄）

片吧”。

之前每个老兵，只要在镜头里看到自己，笑容就灿烂无比。然而诧异的是，我却没有看到赵松秀在镜头里绽放出哪怕一丝笑意。

我把相机又举近他一些，“大爷，笑一个吧”。

没想到他说：孩子，我看不到。

竟然，与我聊了一个上午的老兵，看不到眼前这个世界？

“我知道你在对面。”他平静地说。

我盯着眼前这位经历丰富的老兵，心潮涌动。院子外边阳光正好，英雄却看不到明媚的天空。

我知道，**尽管只有短短 20 多天的战场经历，纷飞的战火与牺牲的战友却给了他钢铁般的意志**。

从农民，回归到农民；从放羊娃，回归到普通农家老人。几乎处在黑暗世界里的赵松秀，曾经的历程却没有蒙上一丝尘埃，他缜密的思维就是最好的验证。

赵俊秀“看”镜头的一双眼睛无神，光芒却永驻心中

（郝亮 摄）

告别老兵，出得门来。安静的大陌村，只有庄稼与泥土的味道。曾经的烽火，已化作屋顶上的袅袅炊烟，传递的都是轻快的烟火气息。

远去的“瞎团长”

是的，视力不能说明一切。

比如，那个“瞎团长”。

2017 年 4 月 7 日，石北乡岭南村郝照余老人的家。一声“看看老八路”过后，屋里有女人回应：哦，在里面！

出来的是女儿。她跑向里屋迅速解开当锁用的一根细绳，推门而入。一位老人坐在炕上，将望向窗外的眼睛拉回门口。透过窗玻璃望出去，院子里在房顶上修房子的几名工人就在老人的视线里。

“怎么把老人锁在屋里？”

“唉，他总想出去。你们看看院子里乱七八糟的，不安全，也照顾不过来。”57 岁的女儿解释。

炕上便是郝照余老人，97 岁。

女儿说，父亲早晨刚刚吃了一碗方便面，两个荷包蛋。平常每顿都可以吃一大碗饭，身体挺好。喊老人坐到炕边，想与他聊聊从前。看到我的同行者举起相机时，正与我说话的他马上停下来，坐得端端正正，等待拍照。此刻我注意到，他右腮深深凹了进去。女儿拉起老人的手放到腮上，他立时明白，用手指点点，又把手指放进嘴里做了一个掏的动作，话语模糊不清："子弹就是从这里进去，又从这里出来的。"

后来得知是陇海战役期间，激烈的烽火中，郝照余突然觉得"嘴里多了个东西"，吐出来一看，竟然是一粒裹着血肉的子弹。

"命大。要是稍错错位，就死了。"他有些庆幸地说。

子弹透过老人右腮，进入嘴里。深深的痕迹伴他走过 70 多年。

他的女儿说，老人不仅听力不好，脑子也时而清醒时而糊涂，一直说不清他所在的部队，却一遍遍自语：我是 1942 年当兵的，1946 年回来的。随后又突然说，他属于 14 团。

抗战期间在武乡的 14 团，属 129 师 385 旅，之前是 129 师 385 旅独立团第二团；1942 年 4 月，这个团编入太行军区第三军分区；1945 年 8 月编入新组成的太行军区西进部队第三支队，同年 9 月改编为太行纵队第三支队独立团，10 月份再次编入新组建的晋冀鲁豫野战军第三纵队八旅 22 团；1948 年 5 月又改称中原野战军第三纵队八旅 22 团；1949 年 3 月 1日改编为中国人民解放军第 11军 32 师 94 团。这个团是 385 旅的老部队，战斗作风顽强，敢打硬仗，战斗力很强，是军、师的主力团。

那么，当年的郝照余老人，便是 129 师 385 旅 14 团一名战士。他的女儿这时插话，父亲之前说过，他在侦察班，后来又去过通信班，扛过大炮。他打过临汾，打过沁县，打过屯留老爷山，打过榆社桃阳，打过河南清化。至今还记得清化的竹子那么好，当时他们饿肚子，就吃嫩竹芽。

老人断断续续，可以记起一些人与事。突然间，他说到一个人：瞎团长。

14团，瞎团长，综合这些元素，可知他提的瞎团长是钟明锋。

钟明锋，土地革命战争时期参加过多次反围剿战斗。抗日战争中参加过百团大战，主要战斗为火烧阳明堡、平汉战役及反九路围攻。1942年，他兼任武工队队长，与14团、决九团、武西独立营等相继驻扎在武乡县涌泉乡的蚂蚁沺，带领30余人战斗在沁武边界，宣传群众，组织民兵，猎取情报，打击小股敌兵。当时，武工队配合当地民兵在东良红山伏击日军，打死了敌人的翻译官。解放战争中，钟明锋先后参加过四平战斗、锦州攻坚战、辽西会战、解放平津和海南岛战役配合战等较大战役，中华人民共和国成立初又参加抗美援朝战争。20多年中，七次负伤，右眼致残……

“瞎团长有本事呢。”郝照余努力认真说清每一个字，“当时在义门丢了一门大炮，瞎团长又给找回来啦。”

武乡义门，八路军14团曾在这里驻扎四年之久。于1943年农历二月初二组织了义门反击战，当时钟明锋是14团三营营长。他以一个营的力量，攻打由武乡段村、沁县松村与榆社桃阳三面包围过来的日伪军。当时钟明锋带领的三营处在义门村一处高地，连续打退日伪军十多次进攻，后退于村后大圪梁上坚持战斗，直到第二天早上战斗结束，歼敌三百余人，三营仅阵亡一名战士。

钟明锋当时被更多的人称为“瞎营长”，在武乡妇孺皆知，百姓

1982 年 11 月 5 日，钟明锋（右二）重回武乡，在当年的蟠龙战斗旧址回忆往事　（王照骞　提供）

中传得非常神奇。中华人民共和国成立后，被称为“太行山上的李向阳”。

资料显示，钟明锋是 1944 年 11月任 14 团团长的，“瞎团长”是指钟明锋吗？老人听清后想了想：呀，记不清是不是叫这个名字了。说完，再一次补充：瞎团长可厉害呢！

由营长升为团长，钟明锋在武乡屡立功勋。郝照余嘴里非常了不起的英雄，一定是钟明锋。

钟明锋在武乡战斗多年，1989 年因肠癌去世前四个月，还应武乡县红色文化研究专家王照骞的邀请，为漆树坡窑洞保卫战纪念碑落成写下“在漆树坡窑洞保卫战中英勇牺牲的革命烈士永垂不朽！”

2017 年初见时，97 岁老兵郝照余笑嘻嘻与我握手，招呼我们就座，招呼同行男士吸烟

2018 年，98 岁的郝照余收到写有他故事的书，却已经不如前一年谈笑风生

几个字，他称自己为“曾经在武乡战斗过的老战士”。

钟明锋不知道，时至今日，还有武乡老兵对他念念不忘。

女儿说，父亲的后脖子上还有一处枪伤。问他怎么回事，老人终是记不得了。从县民政局资料也知，郝照余的七级伤残是由于1945年8月在陇海战役所致。陇海战役是由晋冀鲁豫野战军司令员刘伯承、政治委员邓小平遵照中共中央军委指示，为策应山东、华中野战军作战和支援中原军区突围部队作战，而出击的一场战斗。怪不得郝照余在抗战题材的电视剧里一看到刘伯承、邓小平的形象就激动。他无数次对女儿说：刘邓大军，厉害！

郝照余也曾给孩子们说：当兵时候，吃了太多苦，真是苦坏了。

今天再问他，他却记不起太多，只记得有一次被抓到日本人的警备队，眼看着人家吃的白面馒头与小米干饭，他们只能吃一点儿水煮苦菜。

“唉，反正是很苦，很苦。”老人叹了一声。

沉默一阵后，他突然指指女儿：去，拿洋旱烟！女儿扭身拿来一包被他称为洋旱烟的香烟，给在场的男士抽。但听到对方不抽时老人却不干了：“不抽烟还行？准得抽呢！一棒棒也得抽一棒棒！”

女儿说，老人就是这样，特别热情，总怕招待不好客人。

我拿出手机，与老人拍一张自拍照。看到镜头里的自己，他咧嘴开心地笑了。

女儿说，父亲特别喜欢拍照。有一年从八路军太行纪念馆回来后，几次埋怨没有人给他拍一张照片。

其实来岭南村之前，我们先去到同一个乡的石北村。这里还生活着一位94岁的老兵郝义成。然而不巧的是，前一天，老人唯一的

面对家中突然出现的一群人，老兵郝义成（沙发上右）压根不知道发生了什么事 （魏红胜 摄）

儿子骑着摩托车与大车相撞，当场身亡。他已经由儿子家被接到同村的女儿家，留下一个孙女照看他。屋里地上站了同村与本家的十几个人。94 岁的老人瘦瘦小小的，已经完全失去听力，坐在沙发里，一直开心地笑着，完全无视孙女止不住的眼泪。

村人说，老人还不知道儿子出事，就不告诉他了。有人接话，即便告诉他，他可能也不管这些了，多日不见儿女也不问了。旁边的人说，老人年轻时候就不怎么爱说话，说他识字，也会写。孙女说，爷爷伤在右手。一看，非常明显，右手指头几乎都伸不开。

从进门到出门，老人始终不说一句话，只一直笑着，看着眼前人。憨憨的老人，内心已无任何心事，回归一片纯净。打开县民政局的资料，却令我们大吃一惊：郝义成，1945 年 6 月入伍，八路军

129 师 769 团的战士。在解放沁县时，他英勇杀敌，缴获 12 支步枪，一百余发子弹。在随后召开的祁武庆功大会上，荣获“杀敌英雄”称号。1947 年 2 月复员，六级残疾军人。

一人缴获 12 支步枪，一百余发子弹，那驰骋在战场上的身影该是怎样的矫健勇猛？

再看老人，还是瘦瘦小小的，普通得不能再普通。

我本以为，对两位郝姓老兵的了解到此为止，然而没想到的是，之后听到的故事，越发令人惊讶。

本书初版出来后，我给郝照余送书，才听说他的又一段往事。原来，1920 年 9 月出生的郝照余是家中老三，上面还有两个哥哥。三个男孩，在乡村是让人羡慕的一件事，是可以让家族人丁兴旺的一件事。

然而，他们遇到不幸的年代。抗战在武乡刚一爆发，大哥郝申有便报名走进八路军队伍，一走再无消息。

父亲郝士英又与二儿子一道，负担起给八路军送军粮的任务。然而因为日军设立了许多据点，且防范森严，因此为了避开日军盘查点，郝士英父子送粮不仅需要在夜晚行动，而且要绕道榆社再转回武乡八路军驻地。一个冬日的夜里，父子俩背着粮经过一条河时，儿子不慎落水。情急之下父亲跟着跳了下去，然而没想到的是，河水冰冷且湍急，父子俩双双未能上岸。

大儿子没了音讯，二儿子意外丢了命，太行山中坚强的郝家母亲竟然没有被打倒，而是在 1942 年 5 月又亲手将 22 岁的三儿子郝照余送进八路军队伍，成为武乡独立营二连一名战士，后被编入 129 师 385 旅 14 团，从此驰骋在太行山中。

2020 年再见，百岁老兵郝照余须得众人合力，才能把他抬至户外，话语也更加含混不清 （采禾 摄）

两年后的 1944 年，郝照余随部队在沁县取得一场胜利后，经武乡返回驻扎点。路经家门口，他顺道探望了别离两年的母亲，看到孤苦的母亲在风中衣着单薄，一阵心酸，随即脱下身上的夹袄穿在母亲身上。

不曾料到，这件普通的夹袄，却给母亲带来杀身之祸。那是郝照余离开的第二天，敌人进村扫荡。有百姓说，敌人是在抢夺郝照余母亲手里的织布线时，发现她套在衣服里面的夹袄。一件夹袄本是普通粗布，当时却是百姓省出来送给八路军战士穿的。这只有八路军战士才穿的夹袄，怎么穿在一位村中妇人身上？敌人当即判断，她与八路军有干系。问她，不答，便残忍地将她杀死。

彼时，郝照余刚刚回到驻地。惊闻消息的他在班长的陪伴下一路奔波赶回，却因怕惊扰敌人未敢进家门，只远远在村口给母亲深深磕下几个头。

战士郝照余一腔悲愤的泪水，洒向家门口。

“恨自己。”此后，这件夹袄成为郝照余一生的痛。

“要不是那件夹袄……”直到暮年，老人含糊不清的话语里，依旧要一遍遍提及这件惨痛的往事。

直到2014年国庆前夕，一张“烈士证明书”被送到他的家中，那是中华人民共和国民政部发的，“郝申有同志在抗日战争中牺牲，被评定为烈士。特发此证，以资褒扬。”从烈士证上简单的几行信息得知，郝申有于1915年出生，时为武乡游击队一名战士，在1937年一次战斗中牺牲。

1937年，那是抗战在武乡刚刚展开的时间，郝照余不会想到，他的大哥刚刚穿起军装不久，便光荣为国捐躯。

捧着国家给大哥颁发的“烈士证”，时年94岁的郝照余双泪长流。他不知道，大哥牺牲时年仅22岁，正是他穿起军装上战场的年龄。

好在，郝家老三郝照余没有让家人失望，一路南征北战，身体虽带了不少伤，却光荣而安然回到家中。

那一年，他才26岁，独自撑起那个几乎散了的家，一路负重前行，生命终止在101岁的春节。

寻找一个叫“留根”的人

真想把郝义成老人独自缴获的一百发子弹发给漆树坡村的民兵。那样的话，窑洞中那些技艺高超的年轻人，就不会一个个倒在敌人的炮火之下。

那时候，民兵们因为打完仅有的几发子弹，只能眼睁睁看着敌人在对面花费两个多小时安装好一门庞大的山炮，对他们展开轰炸。

小小的漆树坡村，瞬间地动山摇。

山炮对面的逃难窑中，是十几位民兵，更多的是几十名手无寸铁的百姓。

从2016年到2017年，我多次寻找一个叫“留根”的老人。他是上司乡漆树坡人，可他总不在村里。有时候说在长治，有时候说在太原。

1989 年 10 月 1 日，漆树坡窑洞保卫战纪念碑落成仪式现场

（王照骞　摄）

人们说不清他在哪里，却总会给我说一通与他有关的往事，让我越发迫切地想找到他。

1943 年 6 月 14 日，日军小林大队指挥剿共军第一师赵瑞、段炳昌部约三千兵力侵占了武东重镇蟠龙。从此以蟠武线为界，割断了武乡（东）县委与前方指挥部的联系。武乡（东）县委根据太行三地委、三专署的指示，结合斗争实际，将蟠龙公路以南地区划为路南区，在前方指挥部的基础上建立了路南办事处，李甫堂任主任，李尚春负责武装工作，姜一全面领导党的工作。这个路南办事处，就设在漆树坡村武云庆家。也因此，路南办事处驻地的高岭、漆树坡、上司一带便成为日军合击的目标。

漆树坡的抗日民兵队，早在 1942 年就成立了。几年来，他们常常吃住在一起，成立了“民兵家”，白天组织生产，夜里站岗放哨，彼此间亲如兄弟，扭成一股绳保卫着村里的父老乡亲。

1943年农历六月十三的晚上，漆树坡民兵便接到前方指挥部通知，告诉他们周围敌人据点增加了不少，很可能又要开始新一轮“扫荡”了。民兵指导员武志芳便安排村里的民兵，赶紧安排群众转移。半小时后，所有的民兵全部集中到王家顶，由民兵王清太、王海云放哨，其余就地休息。

次日鸡叫时分，四面敌人都出发了，都是朝漆树坡方向集中。姜一与李尚春迅速判断后，集合民兵马上行动。20多人分为两个班，拿着各自的武器准备从西南处向外线突围。

走在最前面的，是民兵王磨锁。然而当他们爬上一条岭时，才发现敌人迎面扑来。于是掉头跑回村边，之后往北，朝着上司村方向的沟里冲。然而上司村的岭上也早已有了敌人的布置，一通机枪扫射把他们打了回来。无奈之下一干人再折回村，短暂商量之后向东南方向的杨桃沟转移。可未走多远，发现东南面也有敌人包围上来。

整个漆树坡，陷入敌人的严密包围中。

两个民兵班只好分为两路，一路跟着武志芳，一路跟着姜一，往村东村西两个逃难窑洞方向撤。

武志芳带着王磨锁、武来庆及二孩儿等人，往桑树沟的西窑洞方向转移。姜一带着武全木等人向东面窑洞转移。

敌人的机枪紧接着就跟过来了，危急时刻，武志芳命令大家进洞。武志芳也在最后一个爬进去。

有敌人过来了，王磨锁与武志芳守在洞口，瞄准。一个、两个、

三个，武志芳一个一个打倒敌人。王磨锁也是，毫不示弱。在两人的把守下，爬上梯子的敌人一个个应声倒地。

还是有敌人冒着危险沿着民兵们没来得及拉进洞的梯子，爬了上来。

然而只要一露头，便被打下去。敌人不敢再贸然进入，于是退下，改为烟熏。村里人后来说，其实放的是毒气，因为出来的人们脸都发黑，还吐黄水。不过由于洞里的人们用被子捂住嘴巴，没有人丧命。

又一招不成，敌人改为在窑顶挖气眼，洞里的人们很快听到挖掘声，随之气眼处由于震荡开始往下落土。洞内洞外，紧张的气氛空前无比。

姜一带领的武全木一班民兵，全然不知道这边发生的事。他因一边走一边拿望远镜侦察情况，便与民兵们走散了。而一队敌人就在不远处。无处躲闪之际，他两次躺进身边的沟中，用土及蒿草把自己掩盖起来，避过危险。当他们再次会合后，很快发现桑树沟窑洞被敌人包围了，他们心急如焚。一边派百姓去送信求助，一边想办法打击敌人。

窑洞上的敌人，还在坚持不懈地挖气眼，气眼像个“席子大的坑”，敌人一直向下挖。

声音越来越大，越来越近。洞里的人，也从起初的坚信敌人拿他们没办法，到忐忑不安。最后，他们终于恐慌起来，觉得保护了他们无数次的洞这一次恐怕是无法保证他们的安全了。

终于挖透了。

洞里的人没有惊讶，都在冷静地等待。

死难烈士们留下的“根”——王留根

（魏红胜 摄）

两个鬼子跳进来，被民兵早已准备好的一枚手榴弹炸得掉下崖去。百姓们又放心下来，他们庆幸，这么结实而安全的一个洞，怎么能轻易被破坏掉？洞的结构曲折回环，敌人怎么会轻易进来？

人们终于轻松下来，有了饥饿感，一家一家围拢在一起，嚼起干粮来。轻松而嘈杂的话语很快响起在沉闷的洞中。

洞里都是一家一家的人，包含民兵王磨锁一家。他的娘、妻子、儿子及弟弟都在。即便是一家人围坐在这样的洞里，王磨锁也与平时一样，顾不得与家人多说一个字。此时，他紧紧守在气眼口，盯着外面的一举一动。尽管他也在吃着干粮，却一看便知是心不在焉，细细的汗珠从头上流下来。只有娘与妻子看得出来，他的心理压力有多大。

所有的人，都把希望寄托在这几个民兵身上。这一刻，他们才实实在在地感觉到，身边有民兵是多么踏实的一件事。

然而没过多久，王磨锁发现，敌人竟然调来一门大炮！确实，随着一个一个敌人的倒下，日本人气急败坏又大惊失色。他们判断，洞里一定不是普通的百姓与民兵，这枪法，必定是有八路军。

于是撤掉上洞的梯子，调来大炮。

“干掉炮手！”武志芳果断命令。

正在安装大炮的炮手应声倒下。敌人紧急调整炮的位置。

子弹有限。很快，王磨锁发现子弹没有了。他想问武志芳借几颗，武志芳却也一粒不剩。

时间一分一秒过去，两个多小时的时间里，他们眼睁睁看着敌人的大炮安装成功。

“轰！”第一发炮弹惊心地响起，洞里只是震了一震。敌人便一发一发，直冲洞口而来。一直到第七发炮弹之后，洞口终于被炸开。隐藏在窑洞深处的人们，开始暴露了。人们惊恐地挤向两边。

打开的洞口让敌人惊喜万分。“轰——轰——轰——”敌人的劲头更足了，一声接一声，炮声响彻漆树坡，萦绕在周边的上司、铺上、高岭村的上空，百姓们不知道发生了什么事，但都知道发生了非常严重的事。

第 12 声炮声响起后，守在气眼处的王磨锁不幸被炸死。他的娘听说儿子牺牲后，不顾一切跑出来扑在儿子身上失声痛哭，然而此时又一发炮弹过来，娘也跟着他离开了。

气眼，被彻底炸开。

那个时候，王磨锁的妻子，生完孩子才刚刚第八天，极度虚弱的她又惊又怕，再加上强烈的烟雾，很快撒手人世。

民兵武来庆毫不畏惧地顶上王磨锁的位置。他脱掉衣服，端起刺刀，赤裸着上身与从气眼口跳进来的敌人展开搏斗。但终因寡不敌众，被逼到悬崖边上用石块砸死。

勇敢的民兵队长武志芳，也因受到炮轰及强大的烟雾熏呛，倒在岗位上。

窑洞口的搏斗也同时展开。二孩儿、武志法打死两个敌人，但一颗手榴弹却被敌人扔了进来。武志法被炸死，二孩儿被炸到道坑下面，被敌人误以为死亡。

他躺在那里，感受着身边的惨烈，感受着他的兄弟们被害，感受着那些百姓的惊恐却无力相救。

敌人走后，他爬出来，却像傻了一样，遇到赶来的武全木他们之后只有一句话："都死了！都死了！"再问时，只"哇"的一声大号起来。

在此后的50年，民兵二孩儿带着沉甸甸的痛与抹不掉的回忆，孤独地想念着那些年曾经并肩战斗过的兄弟。

一连串的炮击过后，十多个民兵中已经牺牲了四个，敌人又把四个民兵绑起来要带走。如此，鬼子仍不死心，因为他们也有十多人被打死，鬼子便把黑恶的手伸向手无寸铁的老弱妇孺们。他们爬进敞开的窑洞中，拖起人就往崖下摔。摔着摔着，到了王磨锁的弟弟王三磨跟前。那时候王三磨在学校读书，敌人看他的手上没有结茧，便怀疑他不是普通劳动人民，于是要把他带走。三磨说什么也不跟着去，被愤怒的敌人一枪打在脑袋上，三天后死去。年仅16岁。

被摔下崖的百姓，横七竖八长眠在脚下的泥土里。

担心敌人再来，村中老人建议将死难者就地掩埋。但一腔热血

的民兵们坚决不同意，他们一定要为死去的兄弟举行追悼会，举行公葬！于是一个个被抬回村里。夜里，许多青年通宵未睡，轮流换班放哨，看护着这些英雄。

第二天，周围三个区的所有民兵赶来，在村里一个大槐树下召开追悼会。按传统习俗，干部们都穿起孝服。一排排棺材齐刷刷摆在眼前，村民哭声一片。那一天，在姜一的主持下，桑树沟被改名为“英雄沟”，16名青年当场报名参了军，誓死要从鬼子那里讨回这笔血债。

果然，夜里敌人再一次进了村，代理指导员武全木在追击敌人中受伤牺牲。

白天，被抓走的村财粮主任武书云，在南亭村受到日军的严刑拷打，逼问粮食埋在哪里。武书云一句话也不说。日军于是用黑布箍住他的双眼，用刺刀扎向他的身体。扎一刀，问一声；不说，再扎。英雄不知被扎了多少刀，直至倒在血泊中，也始终不发一言。那时候，村里驻着县委前方指挥部、县政府路南办事处、新八区区公所、三分区游击司令部，以及司令员郑国仲、769团一营长李德生及部队，确实存有大量的粮食与物资，一旦说出来，会是多么大的损失。

一个普通民兵，竟有如此高的觉悟与骨气，让今天的人说起都激动不已。

武书云及武志法兄弟二人去世之后，家里只剩下武书云的妻子与公公，就是这一老一妇，硬是将两名烈士的五个十岁左右的孩子拉扯大。尤其值得称颂的是两位烈士的父亲武存林，性格刚强，气量过人，面对全村人的同情，他说出的话掷地有声：“小日本杀害了我的两个儿子，但我还有茂堂堂（当地方言：虎气而有前途）的一对孙子。再过十年，又是两个七尺大汉！”

当年窑洞战，死难的烈士们还留下一条“根”，便是我一直寻找的人——王留根。王留根是烈士王磨锁的儿子，窑洞保卫战那天，他来到这个世上刚刚第八天。

王留根是幸运的，提前八天来到这个世界，没有与母亲一起葬身炮火中。王留根也是不幸的，还不认识这个世界时就没有了爹娘。

这篇文章即将结束的时候，有了王留根的消息。于是放下未完的作品，与朋友驱车赶到襄垣，二女儿为他租的房子里。

74 岁的王留根出街上迎接了我们。他说，当年他的父母、奶奶、三叔通通死在洞中。他这一条王家的独根，从此被姑姑带在身边。他半个月大时，正遇姑姑出生不久的孩子去世，王留根便吃上姑姑的奶。

王留根，从此成为姑姑的孩子。

自他的父亲王磨锁、叔叔王三磨与奶奶、母亲死在洞内之后，大爷王碾锁也在第二年敌人的又一次扫荡中被打死。两年时间，他的爷爷王德祥连失三个儿子、一个儿媳及妻子五口人，在极度郁闷与痛苦中导致眼睛失明。王留根说，20 世纪 50 年代时，他的爷爷时常拄着一根棍子坐在大门口，大拇指关节紧顶着眉头，一言不发……

碾锁、磨锁、三磨，这三个名字里本带着图吉利好留存的寓意，却通通化为泡影。

跟着姑姑的王留根长大后受到县革委会主任的特殊照顾，进入柳沟铁厂工作，之后又与人对调进入长钢，成为一名钢铁工人，一直到退休。

窑洞保卫战
是永放光彩的
壮烈史诗

姜一
一九八九·五·十七·

多年以后，姜一为漆树坡窑洞保卫战纪念碑题词

(王照骞 摄)

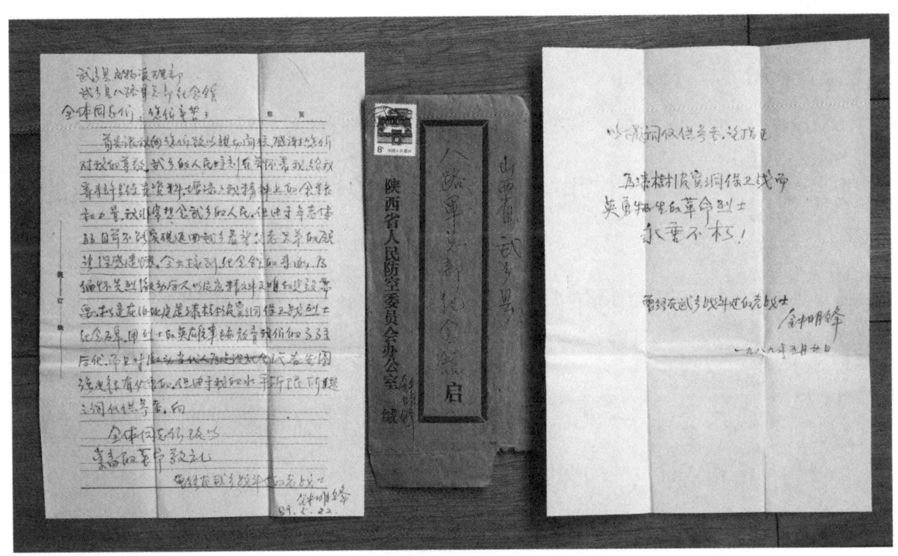

钟明锋为漆树坡窑洞保卫战纪念碑落成写来的信及题词

(王照骞 摄)

漆树坡窑洞保卫战遗址　　(王照骞　摄)

想过父母的长相吗?

想不出来，他说。

1989年10月1日，漆树坡窑洞战纪念碑落成。而他思念父母唯一的方法，就是回到村里，在窑洞保卫战纪念碑上，摸摸父亲的名字。

那些名字，那样的年龄，让人一阵阵疼痛：

武志芳，一九三八年参加革命，中国共产党党员，村民兵指导员，牺牲时二十四岁。

武全木，一九三八年参加革命，中国共产党党员，村武委会副主任，牺牲时二十二岁。

武志法，一九三八年参加革命，中国共产党党员，

村民兵排长，牺牲时二十一岁。

武书云，一九三八年参加革命，中国共产党党员，村财粮主任，牺牲时三十四岁。

武来庆，一九三八年参加革命，中国共产党党员，民兵，牺牲时二十四岁。

王磨锁，一九三八年参加革命，中国共产党党员，民兵，牺牲时二十三岁。

王三磨，一九四二年参加革命，牺牲时十六岁。

回望这片土地，在初春的风里一片萧瑟。炊烟升起，欢愉传来，却掩不住土地下暗流的阵阵涌动。

三进武乡的日本人

比我更执着地寻找王留根的，还有一位特殊的人，他叫相马一成，是一位日本人。

早在1996年夏天一个下午，武乡宾馆新任不久的经理武承周接到总台给他打来的电话，说有一位日本客人要入住。

武承周二话不说便回：不行！

第二次再打来，他还是不答应；第三次，依然不松口。电话挂断后，随同日本人的翻译撂下一句话：这是一位什么经理？岂有见钱不收的道理！说罢便来到武承周办公室。进门看到眼前头发已经花白的经理后，忍不住感叹：这么大年龄的一位经理啊，怪不得脾气这么怪！

武承周告诉他：面对日本人，我脾气就是这么怪！永远这么怪！

相马一成（前坐者）第一次来武乡与武承周一家合影

我不仅恨日本这个国家，而且恨所有的日本人！

翻译笑了，坐下来：老武，我跟你说说这个日本人吧！

原来，前来的这位日本客人是位记者，名叫相马一成，年龄仅仅比武承周小一岁。他的岳父新保太作是当年的侵华日军。第一次来山西时，在神池县八角堡杀害了一家六口人。回到国内见到家人时，对之前这一行为有了悔意，并告诉了妻子。不久之后，日军因为前线兵源短缺，又将他们这种有丰富战场经验的老兵召回中国。没想到新保太作这一次再来，却没能顺利返回日本，而且就被打死在神池县八角堡。

消息传回国内，他的妻子只说了一句：也许，这就是所谓的报应……

他们的女儿长大成人后，母亲告诉女儿，以后不管嫁给一个什么样的男人，希望有条件出国时第一站一定要去中国，去中国第一站一定要去山西神池，去神池第一站一定要去八角堡。在那里除了追寻父亲的遗迹，还要找到当年被父亲杀害的一家人。如果他们有后代，一定要登门赔礼道歉并给予补偿。

这份心愿，最终延续到女婿相马一成身上。对于此事，他一直放在心里，并参加了中日友好协会。后来又把《朝日新闻》报的工作辞掉，专心于日军侵华的毒气调查。

1996 年，他如约履行岳母的心愿，第一次踏上中国的土地。

相马一成，正是从神池来到武乡的。

听到这里，武承周心头的怒气一下子消了，并对这位日本记者产生了好感，安顿他们住下来。晚饭时分，相马一成提出，要见见这位特别的经理。于是在餐桌上，两人第一次见面。

相马一成也非常想知道武承周之前拒绝他入住的原因。于是，武承周给他讲了自己的身世。

武承周的父亲名叫武三林，出生于 1916 年，1938 年加入中国共产党，同年 4 月担任枣烟村武委会主任兼治安主任。那时候，正好赶上日本侵略军对晋东南展开“九路围攻”。武三林便没日没夜地站岗、放哨、支前抗战、掩护群众干部转移，并跟随魏名扬游击队配合八路军战斗。他先后参与了攻打里庄滩、大有阻击战、峪口窑洞战等多次战斗，受到蟠龙四区武委会的表扬与游击队长魏名扬的奖励。

民兵武三林，经过几年的烽烟洗礼，成长为一名不穿军装的战士。他越战越有经验，也期待着早日把日本人赶出家门。1943 年农历六月二十一，武三林全家正在吃早饭时，驻村八路军 129 师 385 旅 769 团 12 连连长刘玉兴急急忙忙去到他家，告诉他有一支二百多

人的日伪军已经从蟠龙出发，正沿着李峪、长乐一路烧杀抢掠，很快就会来到枣烟村。武三林立即放下碗筷，跟着刘玉兴投入掩护全村百姓转移工作中。待把这一切安排妥当之后返回途中，却遭遇到敌人。除了他们二人之外，还有从别处抓到的民兵武金水、武文彪、武东生，羊工魏丑小、王金全，以及石科村年仅 14 岁的放羊娃黄小旦。敌人带着他们，向大活庄村进发。或许是从他们的行走姿势中发现了什么，行至本村古城垴时，敌人突然停下来，向刘玉兴与羊工魏丑小问话。刘玉兴是四川人，虽然几年前已经在枣烟村娶了媳妇，但毕竟不会讲当地话。他知道一开口，便要暴露自己的身份，于是不发一言。敌人又看了他的手，发现没有种地留下的结茧，手指上倒是有扣动扳机的痕迹。从魏丑小那里也没问出什么，鬼子举起刀先将这个放羊人砍死，并将他的头颅抛向空中。刘玉兴知道自己难逃此劫，也早已做好拼死准备，因此当一名鬼子端着刺刀向他逼近时，他猛扑向前，一口咬住了对方的耳朵，又用双手死死卡住敌人的脖子。这时，另一名鬼子朝刘玉兴连开两枪。

26 岁的四川人刘玉兴，倒在武乡这片叫枣烟的土地上。但他的双手，还是拼尽最后一丝力气，带走一名敌人。

剩下的六人，被敌人带到大活庄村，集中到一个大场院，排成队转圈。几圈之后，一名汉奸忽然用手指着武三林与武金水，让两人站出来，把他们单独带到一户人家的窑洞内。一名汉奸问武三林："你叫武三林，是枣烟村的武委会主任？游击队长魏名扬现在哪里？你们村驻有多少八路军？多少游击队？只要你如实讲出来，皇军一定会保证你的生命和你一家人的安全，并大大有赏。"武三林知道有人出卖了他，一声不吭。反复几遍之后，敌人动手了，先是打断他

相马一成 1996 年在神池八
角堡拍摄的照片　（王照骞　提供）

的腿和胳膊，再用水将昏死过去的他泼醒，继续拷打。看武三林坚持不说，凶狠的敌人便问一句，用刺刀在他身上深深捅一下。武三林血流如注，但始终坚如磐石，一言不发。看到再也没了希望，敌人便朝他心脏连刺两刀，断了他最后一口气。

那一年，武三林 27 岁。据后来为他清洗尸体的村人说，他的身上整整有 28 处刀口。

那一天，他的儿子武承周出生仅仅 21 天。

武三林牺牲的噩耗传来后，年过花甲的父亲失声痛哭。患有高血压的奶奶晕倒在地，抢救过来后成为半身不遂。妻子不吃不喝，三天后便断了奶水。未过满月的武承周从此只好用南瓜汤、小米粥代替了奶水。

武三林死后不到一周，在龙湍村的岳父也被日本人抓住，让他带路找百姓的逃难窑洞。岳父誓死不从，日本人便放出两条狼狗，将他活活撕咬致死。

一周之内连失两名至亲，武三林的妻子最终积郁成疾，导致肝硬化腹水，在武承周不满八岁时再也挺不下去，含恨离开了这个世界，年仅 33 岁。

从此，武承周成了没有父母的孩子，跟着年迈的爷爷及瘫痪的奶奶艰难成长。中华人民共和国成立后的 1952 年，省公安局到他家，告诉他们杀害武三林的汉奸是河北人向约奎，已经被抓到太原。但武三林年近八旬的父亲拒绝去参加公审大会，只是抱着年幼的孙子老泪横流。多年以后的 2009 年，66 岁的武承周才从本村一位90岁老人的嘴里，知道了当年出卖父亲的本村乡亲。然而他只能长长一声叹息。他心里清楚，父亲一定在当初就知道了这个人。

抗战那些年，枣烟村有20多位群众与干部牺牲，有九位被追认为烈士。

烈士后代武承周，之后却因家族出身为上中农这一成分问题，备受磨难。求学半途，奶奶爷爷相继去世，跟着伯父艰难度日的他几次差点放弃学业。毕业后好不容易求得一份民办教师的工作，在“文革”中又受到诬陷几经批斗几乎想放弃生命。他引以为骄傲的父亲武三林，直到40年后的1983年，才得到盖有“中华人民共和国民政部”鲜红大印的革命烈士证明书。

武承周，如何能不恨发动了战争的日本人？相马一成细细听过这一段历史之后，起身不停给武承周鞠躬致歉。武承周也还他以礼：人不是你杀的，我不可能怪你。

相马一成转身告诉翻译，不找向导了，次日就请武承周一同到发生过窑洞保卫战的漆树坡村，看看当年受害的人们，看看当年战争留下的孤儿王留根。

在漆树坡，武承周把相马一成带到当年的民兵、之后参军走上战场的武来水家。武来水夫妇与武承周前一天的表现一样，责怪武承周为什么带来一位让他们无比痛恨的日本人。武承周像昨天的翻译一样，把相马一成的故事讲给二位听。了解到详情后，武来水夫妇也给相马一成回忆了曾经的战事，并带着他看望了当年发生战争的逃难窑洞。村里一些孩子听说来了日本人，跑来看。相马一成便分别给见到的孩子们送了书包及学习用品。

到了王留根生活的铺上村时，相马一成对烈士王磨锁后代产生了深深的同情。彼时，王留根的妻子生病躺在炕上，一眼窑洞非常破旧。武承周告诉他，这便是日本侵华的结果，中国大地上有许多

相马一成第一次到武乡为烈士后代王留根（右）一家拍摄的照片

烈士遗孤，都像王留根一样在跌跌撞撞中生存。

相马一成详细询问了王留根的生活后，拿出五百元人民币表达了自己的心意，并送给他的三个女儿一人一份学习用品。

回国第二年，相马一成便整理出版了《从母与子的视角看放置的毒气弹》一书，将采访中了解到的日军侵华情况以及毒气使用情况做了呈现与说明。

武承周说，相马一成那一次来，还有一件大事值得一提，那就是他在八路军太行纪念馆第六展厅发现了陈列着的一枚未使用的毒气弹。从上面标示的等级说明上，他看出这枚毒气弹一旦爆炸之后的威力。于是赶紧告诉相关人员，立即处理。

1998 年，相马一成第二次来到中国，带着他《从母与子的视角看放置的毒气弹》一书，特意送给武承周，以及武来水。这一次，他又专程到长治看望了王留根。2011年，相马一成在受邀去黑龙江参加“731细菌战相关情况研讨会”的间隙，第三次来到武乡。这一次，他特意带着礼品想再看看王留根。遗憾的是，王留根的妻子已经去世，王留根也因在襄垣女儿家未能见面。他又特意去了八路军太行纪念馆，得知那枚危险的毒气弹早已做了处理时，很是高兴。

《从母与子的视角看放置的毒气弹》一书中，相马一成也比较详细地描写了他的岳父新保太作在中国战死的情况。他说，他的妻子出生于昭和十九年（1944 年）二月十二日，三个月后，父亲新保太作二度离开家，再次走上侵略中国的战场，辗转又到了神池县八角堡，驻扎下来。他所在的中队一共 17 人。次年，也就是 1945 年 2 月 18 日，中队有 12 名队员外出执勤，途中与兵力几倍于他们的中国军队遭遇，一番激烈的抵抗之后，队长以下 12 名队员全部被消灭。留在八角堡城内的五名士兵一边坚持，一边求救分遣队，但因为最近的也距离他们有 70 公里之遥，来不及救援。绝望之际，他们只好把文件及电台全部毁掉，在墙壁上写下“天皇万岁，再见”几个字后，于第二天黎明全部离开这个世界。

这些日本士兵，以死亡的形式掩埋了他们在中国大地上制造的斑斑血迹。

那一年，相马一成的岳父新保太作 36 岁，是一名兵长。他远在家乡的女儿刚刚一岁，也许刚学会叫爸爸，却与武承周以及王留根一样，一生的概念里没有了父亲的形象。

多年来，相马一成一直记得岳母的嘱托，期待早一日来到中国山西，看看岳父种下恶果也丢了命的地方，看看神池八角堡的一家人，替一生未能走进中国的岳母圆一个梦。无奈因为中日邦交没有

正常化而未能实现。直到1996年，相马一成终于如愿，跟随慰灵旅游团来到中国，来到山西，走进神池八角堡。在这里他在行走中沉思，又在沉思中行走，完成了多年的一个梦想。

在八角堡，他替岳父偿还了欠下的心债。并以自己的方式，为他的岳父，以及与他岳父一起死去的亡灵做了祈祷，带他们魂归故里。

在中国山西的土地上，相马一成的心是沉重的。他的妻子，中国的武承周、王留根们，都在过早失去亲人的路上艰难前行。他们的人生，因为缺了亲情，注定是不完整的。尽管阳光同样普照下来，尽管岁月一天天过去，但他们心底的创伤，却很难抚平。

武承周与相马一成这种别样的情缘，就这样延续着，隐隐作痛。

回不去的胡家垴

像王留根这样的战争幸存者，很多。他们幸运，因为活了下来；他们不幸，因为之后漫长的岁月都要承受失去亲人的痛。

马庄村82岁的赵恩庆一提当年，便是一声长叹："我一家都在胡家垴死的，当时如果我在的话……"至此老人哽咽着无法继续，擦了擦眼睛说，"一会儿再说"。

一旁的老伴接过话："唉，一说就伤心。"

今天，胡家垴早已成了一片庄稼地。这个发生过大惨案的村庄，像从未在这个世界上出现一样。

也因此一路打问时，许多人并不知道这个村庄。胡家垴，成了从前的名字。

1938年4月17日上午，刚刚结束了长乐急袭战的八路军几十

胡家垴惨案中唯一幸存者胡国珍

（王照骞 提供）

名官兵抬着伤员来到这里，同时也与村里人分享胜利的喜悦。胡家垴是一个小村，仅有六户人家，都属一个家族。但那天来村里的人却特别多。长乐滩战斗失败后，日本人在返途中一路报复烧杀。马庄村地处马路边，因此村里许多人也选择躲到更加隐蔽一些的胡家垴村。

那一天，敌人在胡家垴的杀人地点就是赵恩庆的大姑家。从马庄村步行半小时就可到达胡家垴村。那一天，赵恩庆的爷爷、奶奶、大爷、父亲、二姑、哥哥、二姐，还没起名字的弟弟，都到了胡家垴，还有住在附近村庄的胡家垴其他几户人家的亲戚。全村人一边开心地聊着胜利的消息，一边忙着为八路军做饭，照顾伤员。据之后的幸存者胡国珍（小名胡二旺）说，那天小小的村庄里吃饭的人竟达到 150 多人。

没想到刚吃过饭还未来得及收拾饭碗，一架日军飞机贴地飞来，把胡家垴村侦察得清清楚楚。一看不好，八路军果断动员老百姓快

知情的村民说："日军把孩子们赶到西边那个窑洞里，身上泼上酒，全部烧死了……" （王照骞 提供）

速转移。一些外村的百姓也跟着八路军离开。当第一批腿脚利索的村民刚刚离开十几分钟后，日本鬼子便像发疯的狼一样闯进村。他们疯狂地寻找八路军不得，把仇恨通通撒在眼前的百姓身上。胡国珍后来回忆，日军先把包括五名八路军伤员在内的 18 个男人用铁丝从鼻子、耳朵、胳膊等部位一一串起来，之后用机枪一通扫射。年仅 13 岁的胡国珍紧紧拉着父亲的手，恐惧之余，却机智地未中弹先倒下。扫射完的敌人却并不甘心，又在倒下的尸体上乱刺。胡国珍尽管在最底层，还是被在小腹部连捅七刀，大小肠瞬间流出体外。之后，一群禽兽又将胡国珍的奶奶、母亲、大娘、婶婶、嫂嫂、姐姐，以及年仅九岁的外村外甥女全部轮奸后杀害。

当时，胡国珍的母亲与婶婶正怀着身孕，日本人就用刺刀挑出

婴儿，举在空中狂笑。之后竟然又把孩子的心肝挑出来，说要当作下酒菜。

赵恩庆老人愤恨而沉痛地说：真的，都是真的。

在场的幼儿，敌人也一个不放过，全部被赶进一眼窑洞，推倒在他们母亲流血的尸首上。孩子们伤心号哭之际，敌人竟将窑中的十几钵白酒浇在孩子们身上，点燃……

一个半小时，现场54口人（胡国珍全家便有22口）全部被杀。胡国珍的二大爷、二大娘及三岁的小堂弟，因事先躲进东窑的小里间，幸免于难。

日本人走后，从东窑出来的二大爷麻木地、机械地，一个个翻看着几小时前还又说又笑的亲人尸体。最后，他惊喜地看到胡国珍还有一口气，便将这个孩子抱起来，送往八路军野战医院。之后的两年时间，在上司乡蒋家庄名医蒋凤鸣的精心治疗下，顽强的胡国珍又下了地。

恢复了健康的胡国珍怀着一腔仇恨，带着满心血泪参加了民兵爆炸组，配合八路军打日本人，被边区评为"小英雄模范"，同年又参加了129师，后随军南下。1955年转入地方工作，曾任武汉江岸区区委书记，1986年从武汉市计划委员会顾问岗位离休，1992年因肠梗阻去世，年仅67岁。

当年腹部的大伤痛，还是导致了他多年以后的死亡。

战火纷飞的年代，全家人在眼前被杀，一个13岁的孩子，独自疗伤两年，只有他自己懂得其中滋味。以至于多年以后他的儿女听说父亲的故事时，惊讶竟从未听他本人说起过。对于肚子上、腿上的伤疤，他只是轻描淡写地告诉孩子们：日本人扎的。此外不肯多说一个字。

如何开口？

离开家乡后，胡国珍多次回到胡家垴，祭奠亡灵。他去世后，女儿遵照他的遗嘱，在胡家垴给父母做了个衣冠冢，陪伴当年死去的亲人。

一家人，在旧土上终得团圆。

除了胡国珍，幸存下来的还有赵恩庆的二姑赵桃英，也即是胡国珍的姨姨。赵恩庆说他的二姑当时从死人堆里爬出来，鲜血顺腿哗哗流，却也顾不得疼，跌跌撞撞跑了出来。后来也得到蒋凤鸣的救治，活了下来。

赵恩庆当时刚刚三岁。他说，那段时间，因嫁至巩家垴的大姐坐月子，他跟着母亲去伺候。否则，他们那一天也一定会去胡家垴大姑家的。

没有忍心问老人回来看到家人全部遇害时母亲的表现，以及若干年中母亲巨大的心理余伤。他只说，后来母亲又与另一个男人一起生活，他也因此一天学都没有上。

赵恩庆眼里的无奈与屈怨，一直在闪烁。他说，之后村里人说，让日本人疯狂屠杀百姓的，还有一个原因，便是胡家垴村有那么多的酒与骡马。村子虽小，当年却养着 40 多头骡子。他说大姑家就有五六头，大姑父就是赶牲口的，在曹村乡深泽滩村开有酒坊，平时也雇佣五六个人用骡子拉酒回来到各地卖。平时，他的家里总存有大量的酒。赵恩庆听老人们说，当时日本人到了胡家垴见到这些酒，当下就怀疑胡家垴是专门供养八路军的地方。

那些还没有卖出去的酒，成了杀死孩子们的凶器。

胡家堖惨案幸存者，现年 82 岁的赵恩庆老人讲述当年时几度哽咽　（王照骞　摄）

今天，胡家堖村早已没了人烟。当年惨案的院子前，生长着高粱玉米，地头只残存着当年大门上的石堰残件。

秋天的一张照片。繁密的高粱肆意地生长着，在那些苦难的人们身边。

“那天，他们把杀了的人都摞在一个屋子里。”马庄村 84 岁的陈书旺也记得胡家堖当年的事，他说，“女人们都给糟蹋了”。那几年马庄是维持村，他跟着家人一直住在村子附近一个圪梁上的十里坡，就在野地里挖的窑洞，直到段村解放才回来。

“整整逃了八年，一口破砂锅，吃糠吃菜，大便也拉不下来。”老人一直逃难到十岁，苦难裹满他的全部童年。他说年轻人哪里知道以前的苦，以前哪里能想到现在种地收的粮食可以全部都是自己的。

老人还记得，有一次他与村里的许多人从逃难洞里被日本人搜出来，男人在西，女人在东，押往一个院子里，当时就是要把他们“死啦死啦”，但一个叫三秃的警备队队长给说了情，把日本人带走了。他叹：警备队也有好人吧，那次就沾了人家光了。听人说，这个叫三秃的人，后来除奸时被村民联名保下来，没有遭受惩罚，也是对他抗战期间善待百姓的报答。

离开马庄村时，一直坐在炕上的77岁米伏傲送我们出来。一边走一边告诉我们，他出生的第三天就被父亲挑在筐里逃难，因没有奶水，又上火，40天大的他左眼就坏了。

老人用幸存的一只好眼睛，一直送我们到下面的马路边，看着我们上车离去。

遗落在大别山的眼泪

三月二十日 雨

> 行军五里就到山西、河北交界地。这标志着过了关口，就要离开生我养我的山西了，所以总是左看右看，恋恋不舍，想把东阳关相貌永记心头。但重任在身，只得随大队人马继续前进。

像死里逃生的胡国珍一样，抗战胜利后，一批又一批北方军人，加入南下大军的行列。唐代，王维一句“西出阳关无故人”，让出使安西的好朋友元二悲壮了一千多年，且将永恒地悲壮下去。

山西省长治市的黎城县，有一个东阳关，是太行山的一处重要关口，东通河北省涉县、武安、邯郸，西通山西黎城、潞城、长治，历来为兵家必争之地。五代后唐清泰三年（936年），卢龙节度使、北平王赵德钧就是将幽州（北京）兵从“吴儿谷（东阳关古名）趋潞洲”的。明代时设有巡司，为上党通往河北之要道。1938年3月30日，八路军129师为打击日本侵略军从邯郸至长治的重要补给线，在徐向前副师长指挥下，以三个团的兵力于东阳关至涉县响堂铺之间设伏，打响了闻名的东阳关战斗，也称响堂铺战斗，激战两个小时，取得全面胜利。而之前的2月15日到18日，一支川军队伍，头戴斗笠，脚穿草鞋，携带极其简陋的装备，在李家钰将军的带领下，在东阳关奋力阻挡日军侵华，两千余名川军将士喋血战场，魂守异乡。

抗日的硝烟虽已散尽，但对于战士，东阳关无疑是一个沉重的泣血之地，更是迈出山西的最后界碑。

男儿也有泪。回望，刚刚落尽战火的家乡，炊烟环绕在一道道山梁上。父母、妻儿、乡亲虽满含创伤，却可以安然落座院中，重拾旧时光。久违的鸡鸣、狗吠声再次响起，烟火气重新弥漫在被鲜血一次次浸染过的土地上。

温暖的家乡啊，多想坐下来，炕上坐坐，地里遛遛。

可是，**北方平静了，南方烽烟正盛**。**这些铁血男儿，必须再一次披起战袍，翻山、越岭，渡江南下**。

文章开头的日记是1949年3月19日从长治出发的太岳区南下部队中一位战士记录的，在家与国之间，他无可商量地选择了后者，尽管几多不舍，几次落泪。

李发祥没有写日记，但与写日记的人一样，当年也是南下部队的一员。1947年8月27日，他与战友们跟着刘伯承、邓小平，千

里跃进，挺进大别山，揭开了我军由战略防御转为战略进攻的序幕。

过黄河，渡长江，都不是北方人的擅长，他们平生见过最大的河便是浊漳河，如今却要领略黄河、长江这样的惊涛巨浪。

“那时候没有桥啊！”李发祥至今说来声音颤抖。战士们就挤在一条条小木船上，在惊涛拍岸中到达遥远的彼岸。

何况，南方的艰苦甚至恐怖，不时在战士中间传播。本来抛妻别子就是一种痛苦，再加上要去往土匪成群的“不毛之地”，还要再次扛起刚刚放下的枪，心里难免会掀起一波又一波巨浪。

四月十九日 晴

> 召开大会，宣布××（区书）、××（区委）临阵逃跑的惊人消息……对他俩处分：开除党籍，开除革命队伍，追回所发的东西。

果然，一些队员挺不住了，有人冒险逃跑。又是那位南下福建的战士，记录下这一消息。李发祥说，这消息不算特别爆炸，每一拨南下干部里都会发生，还有人宁肯身子一跃献身江水，也不肯再向南一步。因为战士们得到了一些不好的消息，去南方等于送死。可李发祥说，他没有想过逃，更没有想过死。他心想，还有什么比天天在枪林弹雨里更不能忍受的？

步行、平板车、火车、运煤小火车、木船、轮渡，部队最后渡过淮河，跌跌撞撞进入陌生的大别山。李发祥很努力地回忆，也记不清具体的村庄名字，根据他模糊的描述，应该是湖北与安徽交界的地方，因为他记忆里存着黄冈、陇海线这些关键词。

大别山的土地是红色的，这里是革命军队的摇篮之一，大别山特殊的地理位置也使得它具有重要的战略价值。红军离开大别山根据地远征陕甘后，国民党军就来了，之后抗日战争爆发，日本鬼子接着又来了。

这是一片被血洗过的土地。日军占领之时，日本兵目中无人，狂妄至极。夏天只在腰间系一根带子，从裆部吊起一条白布便四处大摇大摆，在古老的文明之邦如入无人之境。他们赶走老百姓、抢光了粮食、牲口后，用钢丝绳系住民房后沿的房檩子，再用汽车在房前拉，将一栋栋民房瞬间夷为平地。

更令人发指的是，日本鬼子惨无人道地屠杀被俘的抗日游击队员：在寒冷的冬天，将因负伤落入敌手的三名游击队员严刑拷打，一无所得之后，在操场上放置了三口大水缸，缸内灌满了带冰碴的水，水缸周围架起柴火。三名奄奄一息的游击队员，被残暴的日军投入水缸，点燃柴火。可怜我游击队员先是冻得半死，后被活活煮死。

大别山，曾经满目疮痍，到处残垣断壁，尸骨遍地。大别山的人民，曾“逃生无路，水草捞尽，草根掘尽，树皮剥尽，阖室自杀者，时有所闻；饿殍田野者，途中时见……大小村落，鸡犬无声，耕牛绝迹”。

也因此，中途有战士宁愿投河一死。

日本投降后，大别山人民刚刚迎来了阳光、鲜花、和平。然而，国民党撕毁停战协定，使得这里再次成为战场。

必须解放老区，还百姓真正的阳光。

可是，“可难呢!”李发祥几次从脑中搜索，也觉得只有这个最

2015 年初次见面时的李发祥

朴素的词最恰当。

就是一个“难”字，只有一个“难”字。

首先是入住的困难。山区村庄不比平原，一些村子实际只有一两户或两三户人家，连一个排都住不下。

而没饭吃，成了最大的事。

他们掏出北方通用的纸币，可当地百姓说，这钱不能花。大别山，通用的货币还是现洋，纸币现在没流通过来。

纸币不能花，战士们就得饿着。那时候，他们与后方的信息完全中断。手里有限的现洋很快花光后，成了身无分文的穷光蛋。

怎样活下去，成了部队最大的难题。

李发祥说，身在异乡，那种无吃无穿的苦，怎么也体会不到。是的，无论怎样努力，我也只是在心里放开最大的想象，向他当年的处境靠拢。我知道，理解是一回事，体验却完全是另一回事。

于是，几近绝望的这些战场上的铁汉子第一次因生存而放声哭泣。第一次，第一次啊，李发祥强调。他们相拥而泣，之后抱头痛哭，眼泪里含着对家乡的思念，对亲人的想念，对土地的渴望，更多的是因前途渺茫而带来的恐慌。他们的内心空空荡荡，许多人不相信，之后有一天会结束这样的生活，穿上一身暖衣，吃上一餐饱饭。

这种比战争还要残酷的现实，源自他们处在陌生的异乡，源自他们想回家，却无望。也因此，他们一度羡慕当初在江上的同伴，用纵身一跳了却此后无边的绝望。

绝望，却依旧要扛起枪。除了反围剿，大别山的土匪也很猖狂。走在路上，时时会遭遇冷枪。执行任务时领导会一路叮嘱：跟上！千万别掉队！李发祥说，如果落下三五个人，一定被土匪抓去。

作战不是最可怕的。有时候，饿、冷，才最消磨人的意志。李发祥说那时天天睁眼之后不是考虑今天吃啥，而是想今天能不能吃上点啥。战士们充饥，全靠当地百姓“施舍”，与叫花子没两样，饥几顿是常事，却不敢去想饱一餐。刚开始，当地百姓还不了解这些衣衫褴褛的战士，误认为他们也与在这片土地上把刀枪挥向百姓的匪徒一样，不用说主动与他们接触，总是千方百计躲着他们。

“就像我们当初见到日本人一样，逃难！”李发祥形容。

有一天战士们实在饿急了，摸黑跑到一个村子，但人还没进村，狗却叫上了。村人于是全部转移，还带走家里所有能吃能用的东西。

有人家把锅藏在河里，被战士兴奋地发现，却是空的。翻遍所有的地方，都一无所有。饿急了的战士们不灰心，使出当年打日本的坚韧，地毯式搜寻。后来在一处院落，有心细的战士对一处堆放着满满水稻秆的正面房子产生了怀疑，大家决定不惜力气去翻翻。当把所有的水稻秆都移走之后，竟然发现下面是一口棺材。

“一定有吃的!”李发祥说，当时很多战士这么想。因为这口棺材一定不是空的，也一定不是装死人的。

打不打开呢?水稻秆可以移开，但打开一口棺材就违反了纪律，于是向首长做了汇报。然而首长当即回复：不能打开!

李发祥说，战士只有服从命令。可是那个深夜，战士们被饥饿折磨得昏了头，首长不同意，他们便一次次与首长对抗，一次次向上请示。

到今天，他也记不清当时来回“较量”了几个回合，直记得到最后，首长看到深夜为一口饭而几乎耗尽所有力气的战士，再也不忍心拒绝，点头同意了。

棺材一打开，便引来阵阵欢呼。眼前，是满满一棺材的白豌豆。

谁说，炒菜需要调料呢?谁说，吃饭需要加盐呢?那个晚上，就是清水煮豌豆，战士们吃得异常香甜。

“一扫而光啊!”李发祥用了这个词。

“可是，你不会想到，不会吧?”李发祥突然收起笑容，喃喃地问我，“我说的是当时的心情”。

看得真切。他的眼神告诉我，一边是填饱肚子的愉悦，一边是强盗般的负罪感。他们事后能做的，只有把空棺材盖好，把水稻秆复位，把口袋里不被当地百姓认可的北方通用的纸币，悄悄放进去。而这笔账，也深深记在心里。

一寸一寸，我觉得自己正走近他的内心。尽管时隔近 70 年，旧伤依旧清晰可见。

这样下去，不是办法。李发祥感叹邓小平就是厉害，他与各级领导一边安慰战士，一边给群众做宣传，一边排除困难，终于打消了百姓初始的疑虑，把战士们妥善地安排到当地的村庄，分配到每一户农家。

战士们的劲，总算找到了使的地方。他们除了剿匪，把自己有限的力气毫不吝啬地给了百姓，挑水，砍柴，照料老人，看护孩子。李发祥说，每天不知道要喊多少次大爷大娘。而百姓也惊奇地发现，这些兵与别的兵不一样，是一群保家卫国的好兵，是自己的队伍。有了这些部队，百姓的生活立即稳定下来，再也不担心外来骚扰。

渐渐地，百姓使唤战士与家里人一样了，吃饭也不再分彼此。再也不用担心饿肚子的战士们有了劲儿，开始给百姓宣传政策，希望把浪迹在山里做土匪的家人叫回来，耕地，过日子。解放军告诉百姓，如果消灭不了土匪，他们不会出山。谁都不愿家人被活活困死，加上一层一层深入人心的道理，当地百姓的眼睛终于明亮起来，一传十，十传百，先是一个一个，再是一批一批，那些无奈走上土匪路的村民，慢慢从山上下来，扛起锄头，坐上久违的炕头。

土匪的力量，就这样一点点被瓦解。

这期间为解决官兵们穿衣难的问题，解放军还多方做工作，动员当地一些富人先垫钱买下布与棉花，给部队官兵做了冬衣。当地裁缝也很尽心，一针一线给战士们做好每一件衣服。尽管如此，衣服还是不能统一。

李发祥清楚地记得一个夜里，战士们发现枕边多了一套衣服。次日一早天不亮便迫不及待换上，正接到紧急集合外出执行任务的命令。当战士们一个个跑出来站好队列时，所有人却忍不住抛开纪律哄堂大笑起来，因为这支部队看上去实在是太可笑了：战士身上的衣服，竟然由黑色、灰色、绿色、黄色等多种杂色组成，有的是

解放军服装，还有的竟穿着敌人的衣服。李发祥说，如果不是纪律严明，步调一致，真像扮秧歌的队伍一样。

可是笑着笑着，战士们就哭了，身上这些衣服，都是老百姓东家一尺，西家一寸拼凑起来的。

两年多的时间，战士们硬是把日子熬成家乡的小米粥，不稀不稠，不烫不冰，恰到好处，香绵可口。

而人民解放军强渡长江的消息，也很快传来。李发祥说，那一天是 1949 年 4 月 20 日，他至死也不会忘记。

40 天时间，大别山中的战士们竖起耳朵，聆听着渡江战役顺利结束，在大山里高举起欢呼的旗帜。

战士与当地百姓，已经完全融为一体。开始互相听不懂的方言，如今也可以顺利交流了。解放军吃什么，就给孩子们吃什么；百姓家做什么吃的，也首先想着这些战士。

在整个反围剿过程中，当地百姓也自愿参与，他们给部队供应粮食、柴草，还协助作战、当向导、送情报。尤其是在救护工作上更是尽了最大的力量。

就是军民鱼水情，李发祥用这一句话形容了当时的军民关系。

如鱼得水的日子，暖得没有知觉，但总是流动得很快。

山里宁静了。

北方的战士，该回家了！

都哭了。

“不是为了能回家，也不是不想回。”李发祥形容当时的心情，“说不清”。

战士们打点行装要离开时，所有村庄的百姓夹道相送。李发祥

2017 年，老兵李发祥受邀走上太行干部学院大讲堂与学员见面

所在的村庄，距离解放军营部 30 里。百姓男女老少，也不说话，默默相送，默默落泪。有亲如母子泪，有恋人相思泪，有少年依恋大哥哥的泪，更多的是鱼儿离开水的泪……不同的心情，撕扯在这寂静的深山中。想唤，唤不出；想喊，怕撕裂。

后悔当初啊，初见时敌视战士们的仇恨时光；后悔当初啊，眼睁睁看着战士们饿肚子的时光；后悔当初啊，让战士们在寒风中穿着单衣穿越山林的时光。于是战士们走，他们也跟着走；战士们停下来，他们也齐刷刷停下来。说不完的嘱托，道不尽的想念，此生再也不可能有的再见。战士们一狠心，不再回头，噙泪大踏步朝前走，后面有些孩子包括大人终是忍不住，哭出声来。

瞬间，泪水翻飞，荡涤在大别山深处。

“我后来可想一个孩子呢，天天叫我叔叔，天天摸一遍我的枪。”

李发祥沉默许久，“就是没法知道，他长大之后，如愿当了解放军没有?”

“可想知道呢!”说完这一句，他望着窗外，不再讲任何事。

随着这位老兵哽在内心的泪，我其实格外想亲近一个群体。在生命长河中，李发祥他们在大别山的几年时光，毕竟太过短暂，最终的他们，还是安然回到自己的家乡，睡在自家的炕头，又可以一年年享受小米粥的时光。

可是，当年一道南下的许多干部，大多数却再也未能回到家乡。当初他们为了南方城市的管理、群众的安抚、秩序的规范甚至经济的发展，甘愿抛妻别子，走进这个全新而陌生的“战场”。

尽管，为解决南下干部的后顾之忧，组织上特别对他们提出五点照顾：一是南下干部家属按军属待遇；二是家庭经济困难的给予补助；三是家中缺乏劳动力的，由区村给予代耕；四是南下干部家属在农村的，可以批准回去探亲；五是女干部不能跟队行军的暂不南下，等新区环境安定后，派专人来接。然而，对于1945年上党战役之后就已经过上安稳日子的太行山区干部而言，这条路无疑再次打乱了他们尘埃落定的生活，且风险重重。不用说自己性命不保，就连随军的家属，都完全有可能变成“烈属”!

南下！南下！纵有万般不舍，纵有千言万语，国家大局终归是第一位的。所以，人民解放军解放全国的滚滚洪流中，随处可见南下干部的身影。他们与一个城市、一个地区绑定，一寸土地一寸土地替当地人民收复家园，重整河山，在遥远的异乡土地上“献了青春献终身”。

巍巍太行山，只能遥望；静静浊漳河，只有遥想。纵使有过曾经金戈铁马的岁月，气吞山河的勇气，却蹚不开一条回家的路。多少次听说，一些南下干部年迈之后，常常睁眼便要打起铺盖“回家”。也有许多老人舟车劳顿，踏上回乡之路，然而不仅找不到当年的窑洞，还一遍遍遭遇“笑问客从何处来”的尴尬。

他们的家，已经安在南国；他们的后代，已经听不懂乡音。

家乡，倒成了他乡。当年风华正茂的他们，最终只能像一枚枚风中的落叶，飘零在异乡的土地上。

只留英魂望故乡。

雨倾盆，那个拄杖的身影……

与李发祥一样从大别山中摸爬滚打出来的，还有魏志堂。

2015 年见到魏志堂老人时，他刚刚在北京参加完“纪念抗战胜利 70 周年阅兵活动”不久。尽管已经过去了一个多月，他说到这一次去北京还是异常激动，根本没有想到会以老兵的身份参加大阅兵。他还告诉我，在北京期间，国家对他们这些老兵照顾得非常好，卫生、护理，还有专车，反正是说不清的高兴。

说着说着他却话锋一转：“就是觉得对不起牺牲的同志，心里非常难过，功劳都是大家的，只是有我的一小部分。”

老人的心绪，便顺着他的讲述回到从前。

“那个时候，根本不知道排长、连长、营长叫啥名字，更换太频繁了。一个班的人还行，可常常连熟悉的时间也没有。”想让魏志堂

中国人民解放军
魏志堂

老人挖一些心灵深处的记忆，他却如是说。

魏志堂在武乡县城一个居民小区，与儿子同住。门开后，一个中年女子热情引我进入，倒茶，聊天。后来才知，她不是女儿，是儿媳。

老人眼下是安享晚年的生活，魏志堂是我采访到的十几位老兵中条件最好的两位之一，令我倍感欣慰。

魏志堂 1945 年参军，1955 年退伍。从 23 岁到 33 岁，他把一生中最好的十年放在保家卫国上。他目前生活处境相对好一些，与当年退伍后直接被分配到县人民银行直到退休有关。

时间走到今天，魏志堂老人的一生可以分为均等的三段：战争、工作、退休，每一段都是 20 多年时光。1938 年日本人在武乡县发起九路围攻时，他年仅 16 岁，却早已是一位合格的自卫队员。那时候，他晚上掩护群众逃难，白天搞生产。他说自卫队员的任务就是扰乱日本人，不让他们走进，不让他们拿走一粒粮食。他清楚地记

得，他与村民们扛着土枪土炮，翻到上司村梁上的天主教堂，硬是把冲上来的敌人打回段村。说到这里时他哑声笑了：那时候连手榴弹都是柳沟村自己生产的，有的扔出去都不响。

敌人先进的武器可以打掉一个村庄，甚至一个县城，可是打不散人心！像魏志堂一样的百姓凭着自身的智慧，协助八路军一路打过上司，打到富庄，打进县城，举着从鬼子手里缴获的 20 挺机枪，红旗在高高的段村塔上迎风飞扬。

听说过消息树吗？魏志堂老人问。

课本里看到过。

他说，消息树倒了，就是麻烦来了。每次消息树一倒，他们就要掩护村民往深山里奔跑。可是，不可能每一次都是顺利的，应该是每一次都不是顺利的。

在消息树下从少年走向成人的魏志堂，哪怕吹来一阵风，都会让他胆战心惊。

看，消息树又摇晃了，却不是风。他真切地看到，倒了，先是邻村的，后就是他们村的。

快跑！

魏志堂老人像当年一样，急切地在我面前喊了一声“快跑”。我脑子里突然想到小时候，爷爷给我讲述当年他带着小个子奶奶，筐里挑着我大姑与我父亲往深山里快跑的故事。

爷爷奶奶们的日子，就是随时准备快跑的日子。

魏志堂的父母，当年一定与我的爷爷奶奶一样，随时扔下手头的活计、手中的饭碗，奔向大山里。

可是，他的母亲远没有我的奶奶幸运。魏志堂的母亲，就是在这样的逃跑途中，死在敌人残忍的屠刀下。

两个民兵儿子尽职地保卫着村庄，却没能保护好自己的母亲。

而让魏志堂到今天还急切地喊出“快跑”的那一天，消息树倒得更加悲壮更加不同寻常。

敌人来的时候，民兵们正在开会。其中有他当民兵指导员的亲哥哥。当时哥哥一挥手，其他人先走，快走！哥哥把民兵花名册揣在身上安全的地方，最后一个撤离。然而，然而……无数次从敌人眼皮下成功隐藏起来的哥哥，这一天却落在敌人手里，在自己的村庄，在熟悉的小路上。敌人如获至宝，把他哥哥结结实实捆起来，准备着接下来的审问。哥哥不怕鬼子，却无比担心身上的花名册落在敌人手里。于是在路上，他瞅准时机，纵身跳进村中的水池里。

恼羞成怒的敌人急了，他们不知道，眼前这个水池其实并不太深，敌人担心这个“俘虏”潜水逃跑，举枪打死了哥哥。

魏志堂没有亲眼看到哥哥的死，印在他脑子里的，就是回村后水池里的一汪红。

那刺眼刺心的红，成了抹不掉的永恒。

魏志堂是带着满腔的红色仇恨，穿起军装的。之后，他随着八路军 129 师的步伐，一路征杀，开始了小米加步枪的日子。

魏志堂的记忆里，“成天在走路”。穿着用谷秆灰与槐花灰染色的军装，日日在走路，日日在战斗。

过年也不例外。

又一个年被战士们盼来了，原因是可以吃到肉馅饺子。魏志堂说当时以班为单位，自己包。可是有一个年，热气腾腾的饺子还没有出锅，战斗的号角却已经响起。锅里可是盼了一年的饺子啊，怎

么舍得丢下？匆忙中，战士们把没怎么熟的饺子匆忙盛在各自的碗里，边列队跑边就着寒风吃进肚子里。

即使下一刻死去，味蕾的满足也十分诱人。

一年 365 天，从来就没有脱掉衣服睡过觉。每天，一百发子弹，一个米袋，一支步枪，还有手榴弹，60 斤重的东西在身上背着。晚上也不敢解背包，就这样躺下，把枪夹在双腿间，手榴弹放在手边。

从春到冬，战士们终于打出太行山，准备挺进大别山。

1947 年，魏志堂也加入解放战争的大军中。6 月 30 日晚，黄河北岸一声号令，刘邓大军战船齐发，势如破竹，一举突破了国民党军队自以为可抵 40 万大军的“黄河防线”，揭开了人民解放军战略进攻的序幕。

序幕打开，通往大别山的路却困难重重。

遇到羊山集。

这里，保存着魏志堂大多数战争的记忆。

羊山集是山东金乡城西北 30 里处的一个大镇，背靠羊山，当时居民千余户。这里石砖房居多，东南两边地势低洼。羊山集得名镇北面一座东西长约两千米、高四百米的孤山，远远望去犹如一只卧着的绵羊。

1947 年 6 月的最后一个晚上，突破黄河天险的刘邓大军遇到严阵以待的国民党部队，对方整编第 70 师一个半旅、第 32 师两个旅、第 66 师两个旅，分别抵六营集、独山集和羊山集，南向北摆成了一字长蛇阵，准备痛击渡河而来的解放大军。

可是，雨倾盆。

浪漫的雨季啊，偏偏出现在硝烟弥漫的烽火里。

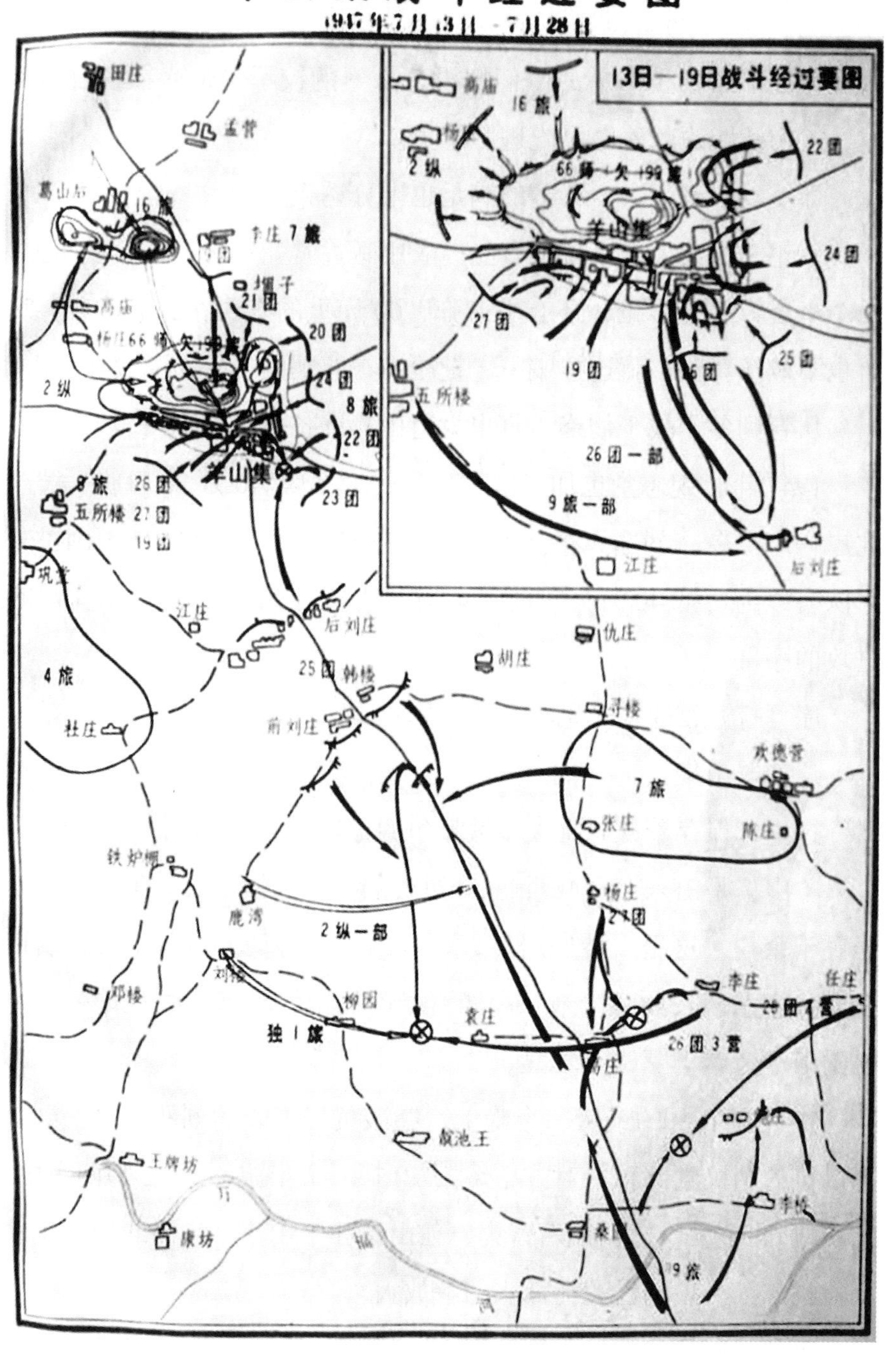

羊山集战斗图　　　（郝雪廷　提供）

年轻战士的血肉之躯，需要承载多少艰难和沉重？

连续的雨，连绵的雨，将双方军队困在泥泞里。许多时候，战士们只能躺在战壕中的泥水里，一动不动。

就是这个时刻，魏志堂见到了刘伯承。当日的情景，今天依然历历在目。他说，刘伯承拄着一根手杖，带着疼惜的目光出现在战壕里。泥泞中看不到他穿了什么样子的鞋，就那样挺立着给战士们鼓劲打气。那么大的首长近在眼前，浑身淌满泥水，炯炯有神的目光给了战士们坚定的信念。那一天，刘伯承还带来西瓜，他的手有力地挥在倾盆大雨里：吃过西瓜，我们打过羊山！挺进大别山去！

当时的魏志堂不知道，站在他们面前的刘伯承，带着一只伤眼，拖着一条伤腿。他炯炯有神的目光，不是出自他的眼球，而是发自他的内心。从 1913 年开始，年轻的刘伯承就转战巴蜀，十余载岁月里五次绝处逢生，成为闻名的川中名将。后来，他毅然与旧军队决裂，加入中国共产党，跨出人生中重大抉择的一步。彼时，他挺立在连绵的雨里，谁知他 30 年前丰都之战失去一只眼，大足之战险丢一条腿？

今天，还有多少人有力气忆起 1947 年那个 7 月？又有多少人知道 1947 年那个 7 月？在羊山集，那么多战士泡在雨里，为脚下的土地展开一场又一场鏖战；有一位伤痕累累的将军，他 24 年前重伤过的右腿浸在雨水中依旧会痛。怒了的雨，急一阵，缓一阵，始终不停歇。交通、通信、吃饭都成了问题。

只有子弹在飞，一直在飞。

魏志堂说，他同一个班的战友，就是在这场战争中，就是在这样的雨里，被一颗子弹击中。“他紧紧与我挨着，就倒在我的胳膊

收到写有自己故事的书，魏志堂很开心

上。”魏志堂说，“轻轻把他扶到一边，说不来啥心情”。冰冷的雨里，一切都是冰冷的，可他那刻分明感到一股热，从战友的身体里流出来，传遍他的周身。

雨水，瞬间变红。

这红色让他想起家乡，他的村庄，那个被哥哥染红的水池。

肩并肩的战友与当年的哥哥一样，成了另一个世界的人。

魏志堂至今想来心里酸酸的。战友来自河北武安，生前挨在他身边，死后贴在他身上。雨水里看不到眼泪，战场上不相信眼泪。他记得当时轻轻把战友推开，猛地端起枪。

一切都来不及，包括难过。

27号，天气放晴。下午六时三十分，部队发起总攻。瞬间，野炮、山炮、迫击炮交织着怒吼着，火龙似的射向羊山主峰。

极度疲惫的羊山最后挺立起伤痕累累的身躯，怒吼着迎接了连续28天作战之后的胜利。刘邓大军以歼敌四个整编师共六万余人的战绩，收复了鲁西南地区，揭开了人民解放军战略进攻的序幕。

刘伯承兴奋之际，激情赋诗：

狼山战捷复羊山，炮火雷鸣烟雾间。
千万居民齐拍手，欣看子弟夺城关。

8月份，刘邓大军分三路挥师南下，开始了千里跃进大别山的壮举。中国革命这一“历史的转折点”，魏志堂至今说来总觉得能参与其中是幸运的。

魏志堂的伤，也是在这场战争中落下的。炮弹炸响，他的胳膊上、腿上、手上都挂了彩，被送到山东治疗。他庆幸自己比武安的战友幸运一万倍，尽管带着伤残八级的身体，却好好地活到今天。

当时经过短暂的治疗后，他很快回归部队，投入护送大军南下大别山的队伍中。

今天的魏志堂老人，还有少许弹片残存在胳膊里。他说天阴时会发痒，但不疼了，指头筋也不对。不过他说这是70年前从战场上携带到今天的印记，也让他时时铭记，那么多战友从他眼皮底下失去了生命，他需时时为他们送去另一个世界的祝愿。

儿媳妇说，老人是多年以后才走出战争的。之前从来不在他们

2019 年，97 岁的魏志堂重新穿起军装　　(赵云　摄)

面前提。后来随着岁月的流逝，老人内心的伤痕或许慢慢减轻了一些，也或许是害怕后辈忘记？有时他会把孙辈们叫到身边，给他们讲曾经的这些故事。

魏志堂老人骄傲地说，现在他的二儿子是军人，在南京军区；儿子的舅舅也是军人；一个孙子也是军人。他从来不后悔，自己走上战场。他一直倍感欣慰，用自己手中的枪为母亲与哥哥报了仇。

倒在他怀里的那位武安战友，也可以安息了。

时年 94 岁的魏志堂老人，努力回忆着往事。彼时的他，越来越感到孤独。他说当时他的村庄与他一起穿起军装的有 20 多人，现在却只剩下他自己。

时而开心，时而难过；不想回想，却时时要回想。

采访要结束的时候，魏志堂工作过的银行有关人员上门，给他送上一套“纪念抗战胜利70周年”纪念币。这个曾经近距离接触过刘伯承、给彭德怀站过岗的老人将纪念币捧在手里，开心而不安地说：“还给我送东西，又给我送东西?”

“平静”的上司

是的，超过 90 岁的老人是孤独的。他们的世界，封存着一段无人应和的历史。不想提，又期待人走近。

2015 年，上司村的赵贵和整整 90 岁了。他因感冒和气管炎躺在炕上。外面阳光很好，屋里暖烘烘的。这不，听说打问日本人入侵的事，他“呼”地坐起来：我当年就被他们捉到段村，扣了五天。

那时候，县城段村被日本人侵占。他与抗日村长赵永旺等三个人被抓去。当时他年龄最小，伪军把他叫到跟前，拿出指挥刀：“不说实话就死啦死啦的。”他连连点头，可是在对方问他村长名字时，他机智地把“永旺”说成“永德”。当时他才是一个十多岁的孩子，对方自然也就比较相信他的话，在被扣五天未果后被放回家。

上司村没有发生过太惨烈的战争，却也被日本人顺带杀死十几

少年时便被敌人抓，之后参加过淮海战役的 90 岁老人赵贵和 (李晓斌 摄)

个百姓。他一一回忆：三个村民因伪军吃了他们的羊，在与对方理论时被带到村里一个河堰附近，推至沟下杀害；赵玉龙（音）的父亲带着徒弟在关家垴做木匠活，日本人在一次酒后把他们杀害，同时被杀的还有赵书胜（音）的妻子与女儿，当时在关家垴住娘家；还有赵德芳的父亲、赵景方的哥哥等人，也是在逃难中被日本人打死的。

抗战期间，上司村与中国千千万万最平常的山村一样，没有发生惊天动地的惨案，却也有一个个百姓因此丢了命。这就是战争的正常状态。那时候，村里家家都备有逃难窑洞，“逃难窑洞已经成了家”。赵贵和老人说。那几年，他自己就经常打窑洞，百姓最大的事就是逃难。

说到这里，他的儿子说了几件老人们传下来当笑话讲的故事：一次听说日本人来了，赵砚田的娘一把提起炕上只有几个月大的孩子，一口气跑到三里地之外的邻村小店沟里，觉得稍安全一些时，才意识到孩子好长时间不声不响。低头一看，才发现她紧紧抓着的一直是孩子的双腿，孩子就那样头朝下被她提着跑了好几里地。三河的娘，一听说日本人来了提起孩子就跑，到了地方才发现手里根本没有孩子，而是一个枕头。然而已经晚了，回不去了。在外整整一天，她惦记了一天，哭了一天，觉得独自在家的孩子一定是没了。好在日本人走后回去一看，孩子还在，只是连哭的力气也没有了，抑或是压根就没有哭。

老人们常说，那个时候，气氛恐怖得无法形容，总之那是一个孩子不哭狗不叫的年代。所有的生灵都用沉默守护着随时可能丢掉的性命。

村人当笑话的故事，听得却句句血泪。

抗战胜利后，19 岁的赵贵和到了襄垣裕华军民联合工厂，正赶上扩军，他便穿起军装，进入第二野战军。之后一路过黄河，挺进大别山。他记得淮海战役时他们战斗了 40 多天，曾被毒气熏得又打喷嚏又流鼻涕。1949 年又随部队渡过长江，解放了南京；之后打到浙江金华，再步行到四川，当时一人得到一块现洋。让他印象最深的是打下开县时，才知道那里是当时野战军司令员刘伯承的故乡。

“那些欢迎的群众啊！”赵贵和到今天也无法形容当时沸腾的人群，“那花儿，撒得我们满身都是”。

在部队，赵贵和早早地加入中国共产党，一路做到连指导员。他说当时不怕打仗，或许是那种环境中已经不知道害怕了。当时不管大小职务，都有好几位后备人员。“一旦哪个牺牲，后备的就要顶上！”赵贵和说，“都是随时准备牺牲的”。

今天依然耸立在上司村的百年老教堂

除了中过毒，他是幸运的，另外还因为在一个什么地方的楼顶睡觉伤了风，几个月无法行走。最危险的一次，是亲眼看到连长及指导员在屋子里被一枚迫击炮弹炸死。而他觉得脸上不对劲，手一摸才发现是炮弹碎片扎进皮肤。

赵贵和最终因为没有文化，选择离开部队。“其实当时不错，刘伯承让我留下学开坦克。”可是他看不懂那些书。“我就光听人家讲：上坡 45 度，斜度 25 度，水里一米。”对这些，他记得清清楚楚。说到这里他又笑着说：“一次我看到坦克里面，咦？还有一个暗道。原来开坦克的人遇到危险可以从这个通道溜掉。”

曾经的硝烟弥漫，被他讲得云淡风轻，也化解了我一路的沉重。

上司村大多数村民是天主教徒。因此抗战期间，村里许多人跟着教会，参加了抗战救援队，用实际行动进行抗日。然而他们也近距离见证了战争的惨烈，感受到战争的残酷。赵贵和的儿子说，听老人们讲，当时战争最激烈时，把救援队都打散了。村里一个叫赵中庆的找不到队伍后，独自从长治走了回来。“像叫花子一样，回来后他娘都不认识他了。”

赵贵和时而坐起身激情飞扬说一阵，时而又躺在身后的被子上平平喘。

我要走时他问：你专门来问这些？

我说是呀。

他疑惑：问这干吗？

我说记下来，让现在和以后的人们记住。

他“嗨”一声笑了：谁记这个！

七十年前的老班长

魏太合第一次受伤，就在离上司村不远的禄村梁上。

像以前每一个庆祝抗战胜利的活动一样，抗战胜利 70 周年，他依然是老兵中当之无愧的“领头羊”，各大媒体及活动中，他的出镜率最高。与他在山西省老年公寓同屋居住的同乡老兵郭贵云这样评价他：那口才可好呢，说起来呱呱的。

于是我便等到媒体热过去之后，在 2016 年夏天找到他。走进山西省老年公寓，才发现这里的布局是许多栋别墅式的楼。在院子里随意问一位乘凉的老者：知不知道一个叫魏太合的老兵？老人手一指：6 号楼。

跨过小桥流水处，拐过一个爬满植物的回廊，在 6 号楼前碰到漂亮的管理员。可她说：魏爷爷出去了，不知道转悠到哪里，也没

魏太合在讲述当年

（郝晋凯　摄）

有手机。她为难地带着我，在院里问了几位老人，大家都说没有见到魏太合。

管理员只好说：你进他屋里坐吧，我找找去。

魏太合住在一层楼梯左侧的屋里，挂一个纱门帘，门大开。同屋的郭贵云回老家了。屋里干净整洁，两边墙上分别悬挂着毛主席、习总书记的大幅照片。环绕着两位领导人的，是魏太合的各种照片。靠窗户的一张床上支着白色弧形蚊帐，里面叠好的被子及枕头上分别盖着一条大红喜字枕巾。窗台上也立着许多他的各种照片及荣誉证书，一束百合花守护在一角。

小小的屋子里散发着家的温馨，也弥漫着军人井然有序的气息。

不到十分钟，外面一个声音喊进来：魏爷爷回来了！我赶紧出门，他却已经大步掀帘进来，把手中的手杖靠在门边。

问他从哪里回来的？他说在另一栋楼里打牌。

其实他未回来之前，管理员就跟我说，魏爷爷身体可好了，红

光满面的，每天下午自己要把白酒温好，喝上几小杯。他也几乎不在屋里待着，总是在外面到处转。确实，眼前的魏太合，精神实在好。也许是受之前采访的十位抗战老兵影响，与他说话时，我声音很高。然而几句过后，我发现时年 92 岁的他不仅听力极好，而且说话像年轻人一样流畅，交流没有丝毫障碍。

于是，在门外几位老人的聊天背景里，我们轻轻走进他从前的世界。

魏太合老人开口就说，档案丢了，党籍也丢了！

我惊讶地注视下，他娓娓道来。

1938 年 3 月，一支部队悄然进驻武乡县贾峪乡贾峪村，有三百多人，分散在村里，包括他家院子。起先说是中央军，后来才知道是八路军，386 旅老二团。

那一年，魏太合 14 岁。天然对军人好奇的少年以好奇的眼光打量着眼前这群人，尤其是吃饭的时候。那样一个饥饿的年代，他很想知道这些战士吃什么。现在想来，他盯着战士们吃饭时的表情一定表现出强烈的饥饿感，于是有一天，其中一个战士开口了："小孩儿，回去拿个碗来。"魏太合高兴极了，那名战士也给他拿来的碗里盛满饭。

此后，这名战士招呼魏太合跟着吃了好几天。可是没多久，部队却要撤走了，听说之后的魏太合很是失落，也很难过。看着他的神情，那名战士问他：当兵好不好？

好。

你想不想当？

要我？

想当，就要。

战士于是要求魏太合带他征求家人意见。没想到魏太合的母亲听到儿子想法后对战士说："我的儿子如果愿意去，就交给你了，以后该骂骂，该打打。"又回头叮嘱儿子："不管是见了钱，还是物品，千万不能往自己口袋里装。"就这样，年少的魏太合跟着这名战士出发了。也是离开家乡之后他才知道，这名时时招呼他、又带他走进八路军队伍中的战士是 386 旅的老二团供给处处长，湖北人。

眼前的魏太合老人，身高不到 1.6 米，很瘦。想来，当初缺吃少喝那个年代，14 岁的少年一定更加弱小，所以路上走不动时，处长会把自己的马给他骑，晚上还常常喊他起来小便。此后他想，处长一定是担心他尿床。

然而处长跟他交代了一句话，"不管你今年多大，不管你跟我走多远，只要穿起这身军装，就必须以一名八路军战士的标准要求自己"。

魏太合死死记住这句话，一路跟着，今天的魏太合只记得去了安泽县，但当时八路军还没有进驻。

魏太合所在的供给处，就是后勤部门，然而让他没想到的是，他以一个后勤战士的身份，见证了什么叫战争的残酷与惨烈。那时候，日本人正在大规模展开扫荡，因此 1940 年已近腊月天了，战士的棉衣棉被还不敢到位，就怕敌人一扫荡全部烧光。

而他一生中铭记最深的，还是关家垴之战，那是 1940 年 10 月底。魏太合是战斗结束后去的战场，但他万万没想到，他一生中第一次面对尸体，竟是这样惨烈的方式。

"战斗结束了，您去做什么？"

“摘牌牌。”

“什么牌牌?”

“胳膊上写有‘八路’二字的牌牌。”

满目的尸体啊——一个挨一个，一个叠一个，一个摞一个。趴着的、仰着的、卧着的、抱成团的、嘴巴依旧处在喊叫状态的……那些阵亡的人，不是一个一个，而是一层一层，一堆一堆。魏太合处在大片死去的战友当中，一颗心淌着血，抽得一阵阵疼。他不敢看，却必须看。他的任务，是将每一位阵亡战士衣臂上写有“八路”二字的“牌牌”撕下来。

原来，战士手臂上那个普普通通的“八路”牌牌，其实是每一名战士的“身份证”。每一个后面，都写有战士的姓名、籍贯、出生年月、所在的连队。他们这些后勤战士，就是按照“牌牌”后面的档案，一个个整理好交至所在团部予以登记。

好端端的活人，转眼就剩了一个牌牌?魏太合握着一个个或完整，或残缺的牌牌，心碎不已。但摘着摘着，他突然意识到，死后胳膊上有“牌牌”可摘的战士，竟然是幸运的。因为，太多战士是不幸的，炮火无情，让他们以支离破碎的方式离开这个世界。

他们是谁?魏太合守着一片片无法拼凑完整的“牌牌”，大颗大颗落泪。

“我随时会死去，谁会知道我是谁?”魏太合像是跟我说，又似喃喃自语。

转眼到了 1942 年春节，部队又驻扎在武乡。正月十五那天，处长对他说：“出来也快四年了，现在离你家也就 20 里路，给你三天假，回去看看妈妈吧。”魏太合高兴极了，第二天一早便背起他的饭

2016 年 7 月，接受完采访的魏太合听说要拍照，迅速起身穿戴整齐，将所有的军功章与纪念章佩戴在胸前，端端正正坐在沙发上

2018 年 7 月，时年 94 岁的魏太合在《重回 1937》初版首发式上

包包往家赶。然而当他按时在正月十八赶回驻地时，却发现“人去院空”，他的处长，他的战友，统统没了身影。

他抓住村人打问，只听说部队在前晚突然有了紧急任务，已经过了太岳区。

不满 18 岁的魏太合一下子晕了，他没有能力找到部队，只好哭着原路返回家里，将情况告知母亲。本就日日提心吊担的母亲劝他，“不如，就不去了吧?”

可处长的话在耳边响起，不能啊，他已经是一名八路军战士，如何能就此不去？于是立即找到正在扩军招兵的 385 旅，报了名。

他清楚记得，1942 年的农历二月二，他再一次成了一名军人。

这一次，他不再是供给处的后勤兵，成了真正的战士。六月份，18 岁的魏太合端起枪，参加了人生中第一次战斗，在武乡县监漳乡禄村的梁上。那一次，是 769 团进驻禄村，然而由于汉奸出卖，部队中午进驻晚上就被敌人包围。首长于是紧急下令撤离，留下一个班掩护。

巧的是，魏太合就是留下掩护的这个班中一员。

人生第一次，多想打赢！可是，太缺乏经验。战斗开始没多久，他就与另一名战友挂了彩，胳膊受伤。

“小魏，赶紧撤!”魏太合当时听着班长这声喊，与那名战友瞅准机会撤离现场的，他们连续翻下几块地头，躲在一个角落里。

大部队走了，村民也走了；没有鸡叫，没有狗吠。甚至，没有枪声，只有刺刀的声音，只有惨叫声。

时间好久啊。终于，所有的声音都停止了，一切又回归到山村特有的宁静。不，是刀枪的锋芒落幕后血腥徐徐散发，血液汩汩流淌的寂静。他听到有脚步声由近而远，他知道敌人走了，战斗结束了。

忍着痛，他翻上刚刚退出的战场，想看他的战友谁牺牲了，谁受伤了，谁还幸运活着。可是上到现场，他便几近昏厥，用家乡话一次次对我说："孩子啊，一露头我就知道完了！"

不大的战场，齐刷刷躺着他的十几名战友，全部战死。那些尸体，并非像关家垴现场一样一摞一摞，而是一个一个，清晰可数。

班长呢？之前大声喊着让他撤离的班长呢？他疯了一样找他的班长，可是仅仅十几具尸体，竟然找不出他的班长。所有的人都是血肉模糊，面目全非。最后，他凭借熟悉的身形，"咚"地跪倒在班长面前，失声痛哭。

太下泪了！太下泪了！魏太合一边哭，一边数，一刀，一刀，班长身上，整整被扎下 27 刀！

"一刀足以致人死命啊孩子！"70 多年过去了，魏太合依然无法理解。他说，班长死前到底经过怎样的抵抗呢？他一定是抵抗一次，被扎一刀，最终扎出满身窟窿。

"班长是一名老班长，当时已经 30 多岁了，河北人。"魏太合多年无法释怀的是，"他的妈妈若是知道儿子那样死去，是怎样的心痛啊？"

魏太合经历战友死亡的痛，胜过他身上的伤。几年前，他住的老年公寓有一位同伴去世，大家劝他别去看，他在心里暗笑：我还怕死人？

战场上，魏太合一直说自己是幸运的。尽管从 1942 年到 1945 年三年间三次受伤，却终归活了下来。

魏太合最后一次受伤，到了1944年。正在东阳关整军的他们突然接到命令，到河南辉县。这次较量的是国民党。战斗中，子弹从他的锁骨穿过去，他此后一直庆幸敌人打偏了，放过他的咽喉。这次的伤是最重的一次，他在医院治疗了半年多。其间，医院从黎城迁回武乡。伤势日渐转好时，已经到了1945年。他不知道下一仗会打到哪里，便向医院请了十天假，想回家看看母亲。

而当他十天后回到医院时，却又有意外发生了。中午回去，下午就被找去谈话。告诉他部队要精兵简政了，关键是他的身体不适合继续行军打仗了，请他脱下军装，回到后方以别的方式继续支持新的战争。

“挺难过的，”他说，“一身旧军装，一支破枪，可是，舍不得。”然而知道自己的身体，只能回家。

就是这一次办退伍手续时，他才发现部队给他填写的入伍时间是1942年。明明是1938呀，那次不是因为找不到部队了吗？他之前不是已经入党了吗？

可是，修改档案不是儿戏。

他的四年军龄，就这样消失了，就像曾经带他出来的386旅老二团供给处的处长与战友，从他的生命中永远消失了。

首长考虑了他的实际情况，在给每个人三千斤安家小米中，额外多给了他两千斤。

魏太合就这样与四川、河南、陕西以及山西由南到北近四五百名伤残战士及老兵一起，从武乡办好手续，告别了部队。从此，他当兵的历史便定格在1945年。

他说，这就是命吧。战士，就要服从命令。

复员回来后，他还被抽调到县公安局，在威震太行的“抗日游击队长”魏名扬手下做事，任务是看押、陪同审讯犯人。他说当时叫魏名扬爷爷，有一天他告诉“魏爷爷”，家中妻儿无人照顾，自己要回去。魏名扬挽留不成，放魏太合离开他工作了两年的地方。

今天看来，这其实也是丢了一份好工作。魏太合却说，自己幸运，能好好地活到今天。

魏太合兄弟六人，他是老四。二哥也是14岁参军走的，起先在阎锡山部队，后来参加了共产党；三哥较他当兵晚，到了他走丢的八路军129师386旅老二团。现在二哥、三哥都不在世了。兄弟六人中，只剩下他与老六。

92岁的魏太合老人，依旧追求军人的气度。采访过程中，他本穿一件淡蓝色衬衫，戴一顶淡橘色运动休闲帽。当听到我要给他拍照时，麻利起身打开柜子，从一摞衣服里抽出一身旧军装，整整齐齐穿在身上，又将军帽戴好，并将所有的勋章、军功章，甚至一些大型会议代表证，全部别有胸前，之后端端正正坐在沙发上，对我说，“孩子，可以拍照了”。

一系列动作，一句话，让我肃然起敬：老兵魏太合，又回来了！

散不去的眼神

与魏太合一样，王桃儿的一生，也有一个挥之不去的梦。梦里，也有一个挥之不去的人。

“快进来！”

那一天，她透过窗玻璃看到院子里的我们，脆生生唤出来。

因腿脚不便，她的生活只能在床上，精神很好，嗓音很洪亮，只是肤色是少见太阳的白。笑脸却比阳光更灿烂，像久违的邻家奶奶见到小字辈，她把我拉到床前，亲切地先问我在哪里工作，再问一遍多大年龄，父母可好，几个孩子？

我的手，一直被她拉着。

她的手，柔柔软软的，却有一股特别的力量，无声却散发着强烈想要与人交流的欲望。

王桃儿在央视《激情广场》录制现场　　(王晓方　摄)

她的女儿刚刚从地头的劳动中赶回来：叫人家都坐下，慢慢聊。

确定可以好好坐下来，她才放心地放开我的手，却执着地把我拉到她身边。

她叫王桃儿，已经90周岁，肤白，发白，耳朵大大的，尤其是耳垂，她的长相就是民间流传有福气的那种。我进来之前她刚刚坐起来，头发稍稍凌乱一些，干净的大花被盖在腿上，黑白相间的毛衫却显得脸色更加白净，看上去精神焕发。

记忆力好吗？我问。她说好呀。

70年前的事呢？

都在。

一下就拉了回去。

王桃儿最深刻的记忆，在她15岁那年。她说的15岁，其实是

14 周岁，天天绕在灶台边的时光，有一天突然不宁静了。她刚刚把豆子煮在锅里，突然被慌乱的父亲扯起，拽着奶奶与弟弟，跟着村人杂乱的脚步，向着大山深处，拼命跑。

逃难的光景就此开启。**她在奔跑中懂得，原来苦难并不是贫穷与饥饿，温暖原来就是一个安稳的灶台。**

逃着逃着，八路军就来了，进驻她所在的武乡县蟠龙镇，抗日军政大学也辗转到了她的村子尚元村。

“尚元村原叫皮烟村。”她说，“尚元是一个人”。

王桃儿说的尚元姓王，比她大三岁。王尚元不到十岁时父亲便去世，跟着 50 多岁的母亲靠给地主家放牛度日。但因不想忍受打骂，便跟着大人们去挑煤。1939 年冬天，17 岁的他主动找到武委会主任，要求参加自卫队，但因考虑其年龄小且家中有母亲，便让他送信。王尚元尽职尽责，曾一天跑过近百里山路去完成一项任务。两年后正式成为民兵，还入了党。

1943 年，日本人侵占蟠龙期间，到周围村庄疯狂“扫荡”。王尚元当时所在的区民兵队警戒组，承担着放哨任务，几乎天天吃住在山上。

一个深夜，日本人趁着夜色摸到他的村子。尚元发现的时候，距离已经很近。他如果鸣枪，乡亲们肯定能听到，但他觉得，拖儿带女的，转移时间根本来不及。情急之下，他朝着敌人的方向，扣动扳机。为了转移敌人的视线，他还一遍遍大喊：“同志们，打啊！”一时间，日本人误以为遭遇了八路军的伏击，竟愣在原地不知所措。直到王尚元一连打倒好几个日军，对方才回过神来。他们发现，山上原来只有一个人，一支枪。于是恼羞成怒，吼叫着冲上来。

尚元丝毫没有畏惧。子弹打光之后，他又把仅有的一颗手榴弹投向敌群。最终，他在手无寸铁的情况下被敌人包围。然而英雄还不死心，他从地上一跃而起，抡着枪托扫向敌人。据说尚元本身个头高大，还有一些武功，因此一时间敌人竟无法近他身，任他的枪托重重地砸向一颗颗脑袋。最后，连手中最后一支没有子弹的枪也被他砸碎了，于是从敌人手中夺枪，夺刺刀，手指被割断也毫无知觉。就在他再次用断手夺枪之际，一把把钢刀争先恐后刺进他的胸腔。

第二天下午，村民在山沟里找到他：身上带着七八处刀口，肠子流在外面，一只手上连着两根断指，击坏的枪扔在不远的坡上……

被他用生命争取到逃命时间的乡亲，沉痛地举村悼念英雄。无以为报，只能把村名改为尚元村，以便一代一代，用一个村庄向英雄致敬。

尚元牺牲那年，王桃儿早已跟着部队离开村庄。1939年抗日军政大学临时进驻时，有个叫王英（音）的教员就住进王桃儿家的小南房，“从东北来的，长得圆盘大脸，嫩汪汪的，可好看呢”。14岁的王桃儿很羡慕这位其实也才18岁的“姐姐”，就主动天天跟着提水倒茶。那时候王桃儿特别爱说，所以王英闲下来的时候，就与她聊天，并且越来越喜欢这位妹妹。

部队不稳定，抗日军政大学也是。王英看上了王桃儿，琢磨着离开之时带走她。于是有一天，将此想法与王桃儿的父亲说了。哪承想，当即遭到反对。令父亲没有想到的是，王桃儿也有走的意愿，父亲听后竟然哭了。确实，对于幼年就失去母亲的王桃儿来说，父亲怎么可能轻易让她离开家？何况是如此动荡的一个年代。

此事再不敢跟父亲与奶奶提起。

然而令家人没有想到的是，部队离开后，王桃儿竟也没了踪影。

王桃儿说想不出父亲与奶奶发现后会哭成什么样子，担心到怎样的地步。但是担心着担心着，父亲就在一次逃难的路上被日本人打死了，父亲把所有的恨都死死握在拳头里，成为再也掰不开的遗憾。王桃儿也不记得后来听说父亲不在之后自己哭成什么样子，总之她稀里糊涂离开家之后就无比想念父亲，想念奶奶与弟弟，但是却找不到回家的路了，尽管她根本就没走出她所在的乡。

现在想来，王英虽是军政大学的教员，却也才是一个 18 岁的小姑娘，一心只想着抗日的她哪里能理解，一个父亲在一个早晨突然失去女儿的心痛？

王桃儿跟着王英，从蟠龙镇的西北走到东南，到了八路军总部所在的砖壁村。现在看来不是距离的距离，却让从未出过村的王桃儿感觉到了另一个遥远而陌生的天地。在这里，她与彭德怀、左权住在一个院子里，至今清晰地记着这些首长当年的模样，“彭德怀当时很年轻。左权也是，好像 37 岁，人不赖，长长的脸”。王桃儿说，两位首长并不常与她这样的“孩子”多说话。因别的战士有事，王桃儿给朱德端过一次水，后来就再也没有机会接触，不过却时时见面。

王桃儿记忆有错，那一年，左权将军应该是 34 岁，王桃儿记忆中的 37 岁，是将军去世的年龄。37 岁的年轻将军从家乡湖南一路抗日来到山西，在武乡这个抗战之都连续指挥了长乐之战、百团大战、黄崖洞保卫战等一系列著名的战役，令日寇闻风丧胆，最后却在十字岭突围战斗中，因掩护中共中央北方局和八路军总部等机关突围转移而血洒辽县（现左权县），成为抗战历史中中国共产党牺牲的最高级别的将领。作为与将军做过邻居的王桃儿，怎能不让 37 岁这个记忆储存一生？

左权的女儿左太北在武乡县土河村（八路军野战医院）出生时，王桃儿是一位 15 岁的大姐姐。她至今仍为左太北惋惜，说还不到一百天的小婴儿，就因距砖壁村正北 13 里处的关家垴之战，与父亲分别了，而且是永别。

王桃儿对砖壁村的感情很复杂。2009 年 5 月 2 日，已经 84 岁高龄的她在女儿的陪伴下，专门到砖壁村寻找旧日痕迹，一一打听从前的人。

可是，“都死了”。王桃儿长长叹息一声，“我怎么还活着?”

在砖壁村见到王桃儿的人不会理解，当这位满头白发的老人一次次用手抚摸那些墙壁上的砖瓦时，内心翻腾出多少记忆？她一定盼时光倒流，好好看看那些旧人；她更怕岁月回去，一颗子弹便打碎一村人的梦。

当初，王桃儿也几次与子弹擦肩而过，可她的生命或许不该终止在战争的硝烟中，有一次即便一颗子弹擦着脚面，还是过去了。“还有几次鬼子在后面也看到我跑，还是没打中。”王桃儿从不庆幸自己能活下来，只说死去的人太可惜。

当年跟着王英走后，王桃儿在抗日军政大学学习了一年，认识了不少字，告别了文盲队伍。在蟠龙镇，她跟着队伍辗转了砖壁、烟里、石门、石瓮等多个村子，后来又到了黎城县。之后从八路军野战政治部、中共中央北方局所在地烟里村离开时，也像王英当年一样，说服了一个姓韩的女孩子跟她去黎城，但到了黎城她才发现，那个女孩子不知何时没了踪影。

“肯定是半路找了本事大的人，嫁了。”王桃儿自语。

恶劣的环境让王桃儿迅速长大并成熟起来，成了野战医院一名看护人员。她的弟弟也很快从了军，成了769团三营的一名战士，还立了功。

从一名稚嫩的看护人员成长为看护长，王桃儿见证了太多的生死。但有一双眼神，70多年来却一直压在她心头，无法散去。

八路军在蟠龙镇石门村清泉寺、南郊村南堂奶奶庙都设过野战医院，王桃儿随着医护人员在这些地方辗转、驻扎了很长时间，眼睁睁看着无数烈士的鲜血，将石门、南郊的土地浸润得一片殷红。

战争不停歇，伤员不停止。寺庙容不下，家家户户都成了医院。据说当年仅80多户人的南郊村，八路军伤病员最高时就达到两百多位。

时间奔流到2013年1月的一天，左权县农民高乃文整理荒坡时，意外地从桐峪镇莲花岩久已废弃的山洞中发现了一沓发黄的档案，满满83页记录的全部是1939年八路军医院129师伤员的牺牲证明书。其中有几个伤员的入院地方就是南郊，比如“师供给部合作管理排长张德朝”于“1939年8月15日于南郊村入院”；“顾正荣”于“1939年8月2日在武乡南郊村入院”。

无法治愈而牺牲的伤员尸体，就掩埋在村南的山坡上。

“天天夜里两点开始埋人。”那个山坡，埋藏着王桃儿长久的记忆，“没有一口棺材，外面竖一块砖，写上名字”。

一个生命尘埃般悄然入土，换作一块血迹斑斑的砖，成了战士“奢侈”的墓碑。

深夜，百姓入睡，不必担心他们看到那些频繁逝去的生命。百姓眼里，扛枪的战士就是金刚。金刚，怎可轻易消亡？战士们永不跌倒的形象，是年轻的男孩子走进抗日队伍，接过那些残留着前主人余温的枪继续冲锋陷阵的精神支柱。

王桃儿这个十几岁的小姑娘，在野战医院却常常被同样年轻的受伤战士称为“老王”。“老王”的职责是救死扶伤，是让受伤的战士们看到希望。

被打进战士们身体里的子弹，王桃儿一下就能给拔出来。“呀！他们疼的，可怜死了！”能不能活，其实都在于战士们的造化。由于医院条件有限，除了枪炮伤，许多伤员大多是被急性肠炎、痢疾、感冒等寻常疾病夺去生命的。

最多的时候，王桃儿这个看护长领导七名护理人员。这些女孩子除了白天不停歇地护理伤员，夜里还要轮番出去埋葬牺牲的英雄。尸体再多，也要赶在村人醒前回来。深夜，尸体，这些对女孩子来说绝对恐惧的东西，她却不记得当时胆怯过，倒是现在想一次怕一次。那时候不仅不怕，还在路上欢喜地偷摘生柿子充饥，有一次一口气竟吃下 12 个。

生柿子那么苦涩，王桃儿却坚持说当时就是又甜又脆，是现在变得苦涩了。

是的，**王桃儿苦难的岁月中，如果永远有 12 个又甜又脆的生柿子存在回忆里，有什么不好？**

鲜血淋漓，造就了王桃儿的功夫与胆量，更多的是让她懂得了肩上沉重的责任。她说伤员疼极了就骂护理人员，疼得越厉害，骂得越凶，有时候竟然打护理人员的脸。王桃儿庆幸的是，自己倒从来没有挨过伤员打，一下也没有。

每遇人来，王桃儿总是紧紧握住对方的手问长问短，长久不松开

“大娘，伤员不打您，是因为您当年很漂亮吧？”她说得高兴，我也逗她，她便痛快地笑，说哪里顾得上想原因。

从今天的王桃儿脸上完全可以看得出来，当年的她，一定是一个“嫩汪汪”的美丽女孩子。

嫩汪汪的女孩子们天天顽强地与鲜血及死亡搏斗，用一颗坚强的心等待枪声停止的那一天。

伤员中，有八路军，有国民党军，也有日本兵。王桃儿记得她救治过的最大的“官”来自东三省，“人家穿的衣服可好呢，领子里面还有一层”。而被俘的日本伤员都不会用筷子，她与护理人员就喂他们。“长得皮肤黄黄的，与我们一样，就是一句话也不说。”面对日本伤员，王桃儿矛盾重重，“恨死那些小鬼子，可是也得听命令好好给人家治”。

聊天过程中，王桃儿的右腿一直很厉害地抖动着。我帮她盖好被子，她说不怕不怕，老得一身毛病，却活得好好的。

好好的王桃儿以90岁的高龄，历数曾经一个个离她而去的战友，从容回望早已沉淀的血雨腥风。

“我们的兵都是好样的！都是！”当时满眼的伤兵，一个个都存进她的心里。

有一个入伍时间不长的年轻士兵，拖着被打烂的腿来到野战医院，“我就用小树枝给他一片片往下刮，他疼得大声嚎叫，却不骂我一句”。王桃儿直拍腿，“好伤心呀!”

就是这个来自武乡邻县襄垣的年轻战士，常常唤起王桃儿极力封存的记忆。他当时伤得很重，常常昏迷不醒。一旦醒来，总是先努力给她一个浅浅的笑容。一天下午，王桃儿走出院子接新伤员时，却听到他在身后喊“老王”，王桃儿很欣慰他终于醒了，扭身开心地答应一声后来到院中。然而待她快速处理完外面的伤员端了一杯水进屋时，受伤的襄垣战士却再也喊不出一声“老王”，喝不下一口水，成了当天夜里王桃儿埋葬的唯一一名烈士。

“怪了，那天明明可以不死人的。”王桃儿说此后多少年她都不敢想，回忆却要一遍遍蹦出来。最后的记忆，就是扭身的一瞬他喊她时的那双眼睛，“真真的！活灵灵的呀!”

也因此王桃儿总是在求证，“明明还能喊，怎么几分钟就没了命?”

也有个问题始终无法找到答案，“不知道他喊了我几声，也不知道他喊我做啥?”

那个深夜，王桃儿寸步不离那副担架，一路上努力跟着他的眼睛不停想象，他最后一声喊完“老王”，眼神是怎样的绝望?

她想弥补，再没机会。

那个夜里，她第一次有了恐惧感，也第一次感到钻心钻肺的疼痛。一转身，就觉得身后有一个声音在喊她，一遍一遍，直到再也喊不出声，只剩了眼神，在绝望中挣扎，哭泣。

王桃儿很善谈，此时却沉默了好长一阵，是这天下午房间里唯一的一次无声。

“不过他一直年轻着。”王桃儿似乎轻松起来。

邻县的战士一直年轻着，在她心里，梦里。

峪口的触目惊心

从王桃儿家出来一路向下，便又看到浊漳河。

与今天浊漳河水缓缓流淌的速度不同，抗战时期的河水，是汹涌的，带着不安，带着无奈，带着狂躁，带着愤怒。它拍打着两岸苦难深重的大地，也帮着掩埋一批批倒在这片土地上的人。

有时候，河水也会被一桩接一桩的惨案吓晕，便拼命奔跑。可是它逃不掉，那些汩汩流淌的血液，就是要紧紧跟着它，一路向下。河水一边奔跑，一边感受那些由不同的人身上淌下的血液，由温热，变得冰冷；由鲜红，终成无色。

河水裹挟着人的血液，从武乡县由西往东，嘶吼着奔腾。

峪口村就在浊漳河边，老人们说，那八年，河水哪有清凌凌的时候?

进村，一位60多岁的妇女从一个门里出来。说到抗战，她说她只知道村里有过杀人的事，也知道浊漳河被鲜血染红的事，却说不上具体是怎么回事，于是她把我们带到72岁的赵富田家。已是晚饭时分，独居的老人灶台上正熬着一锅小米稀饭，屋里因此热气腾腾。一只小狗跟进屋，用并不带恶意的叫声试探地问候着我们。本是寂静的院子，一下子生动起来。

老人执意要先给我们盛稀饭。我赶紧拉他坐下，告诉他我们来只是问一些事。一听说要讲过去，他很麻利地拿出一个塑料袋，里面有他父亲赵全忠的《党员自传》，上面记载的入党时间为民国二十一年，也就是1932年。他说父亲是武乡最早的共产党员之一，当时还担任除奸队队长，魏名扬都是他父亲发展的。他还说，峪口当时是“党员窝”，甚至一个七人“反共团”中就潜伏着三名共产党员。他还骄傲地说到他的父亲有一次通过家里的暗洞成功营救了本村共产党员王马孩的事。

峪口村边，竖有一块“侵华日军峪口村大屠杀遇难村民纪念碑”，上面记载，抗战期间，峪口村共经历了20多次扫荡，其中大屠杀三次。赵富田听大人说峪口第一次屠杀是1938年春天，日军烧掉武乡老县城之后，一路杀到峪口，在十八亩塌杀掉20多人。他说那里上下两片地距离有七八尺高，这些人就站在地边。村里人听说之后，跑去看。其中有几个人的家属去说情，反而也被拉了进去，剩下的便不敢再上前。日本人扫射时，有两人机灵一些，一个叫吴海荣，一个叫巩福柱，未开枪前就装作中枪跳了下去。其余22人全部被杀，那些人分别是赵全金、王洋成、武先云、武天元、武栓牢、王狗臭、赵根林、赵全德、赵三孩、王寿孩、王看灯、王真印、巩

昏暗的灯光下，72 岁的赵富田认真翻找着从前的骄傲与罪恶　　(李晓斌　摄)

书旺、赵志全、张双全、李金成、王林书、赵旺德等。

第二次屠杀，在五亩里。村民赵秃孩等六人惨遭杀害。

最严重的，是第三次。那是 1941年 3 月 8 日，驻分水岭的小股日军勾结沁县、壶关过路之敌三百余人，在大有镇扫荡后返回峪口进行了三天大清剿。除了本村一些村民，还将周边的却净、王海峪、石科、大有、麻池沟、长乐、型村、许家垴等村庄共 103 人抓回山岭口的场房院关起来。赵富田说当年杀人的院子就在他家旁边，是一个长方形的院落。10 日晚上，日本鬼子将关押的人全部带到院子外边的地里，进行屠杀。过程中日军还残忍地进行比赛，看谁杀得多，杀得快，杀得有花样。当时，还有村民被扔进井里用石头砸死，也有的用开水浇死。却净村一位叫韩二旦的村民被用砍刀砍至脖子

上仅连着一丝丝皮。峪口村王黑孩一家被杀了八口；躲在药王庙的妇女王认珍与另一位刚过门的青年妇女被村民发现时，全身一丝不挂，身中十几刀，血肉模糊，身首异处；苗四孩被四五个日军围在中间当活靶刺死；有的被头朝下活埋。过后有些尸体被家属认领回去，无人认领的尸体被村民就近推倒旁边的院墙掩埋起来。

那段时间，日本人还把屠刀指向一个人，那就是区干部魏书堂。抓不到他，就砍了他二叔的头，打死他四岁的女儿，刺死他的母亲，轮奸了他的妻子。更不忍看的，是一个从型村逃难过来的十七八岁的女孩，以及一个从马家沟过来走亲戚的老人，被日军捆在树上，用刺刀豁开胸膛，放出狼狗扯吃心肺致死。

抗战期间，日军在峪口村共杀害共产党员 12 名，群众 150 多名。其中峪口村村民 65 人。

触目惊心的数字，听得我内心一阵比一阵紧。我颤抖着手一一打出这些文字，不是故事，都是历史。走进峪口村，放眼四望，这就是小时候趴在婶婶背上渡河过来看一场电影的村庄吗？

夜色中，老人打着手电带我们出门去看村边的“侵华日军峪口村大屠杀遇难村民纪念碑”。一个个烈士，以这样的方式守护着村庄，依偎着村庄。

村里还有更老一些的人能说清这个事吗？赵富田说还真不行，即便有也因身体原因说不清了，而 60 岁以下的人，与其他任何一个村庄一样，总是一听到说这个事就摇头。

曾经的人走了，曾经的事远了，曾经便成为模糊的了。时代发生了翻天覆地的变化，新的天地掩盖了曾经的旧容。然而一旦翻出，一旦提及，却近在咫尺。

盛大的公祭

从峪口出来，跨过浊漳河，往南庄走。此刻是春风里，却萧瑟如冬。南方的朋友说，此景是苍凉之美。

翻上一道坡，带路的朋友说，差不多了。

终于看到一个小孩，摇下车窗玻璃问：这是什么村?

南庄。

完全是新村，不是想象中的模样。

“上面呢?”

“也是南庄。”

果然，上面才是南庄该有的模样。

由冬入春之际，村庄在安宁中透着小小的躁动。一位 60 岁左右的大嫂拿着一把大扫帚站在路边，笑着问我们从哪里来。说了来意，

她扔下扫帚：走，我带你们去看悬窑。

悬窑竟然还在?！一路往上，一个荒弃的大院。她指着窑上一个小口：就是那里。问她悬窑入口在屋里吧？她说屋里没有，就在房子外面。之后又碰到一个邻人，才说不是这个院子，当初烧死人的悬窑在离这个院落很近的东面。大嫂即刻又带我们找主人，门锁着，她便站在门口朝下面的人吼：哎——快给喊一下留法嫂！

很快，留法嫂从下面的院子露出头来。我们下到她在的院子，证实了当年烧死人的就是她家的院。又问她的公公叫什么名字？她想了一下说想不起来了。当年烧人的事，她说她的男人能说清，于是掏出手机，问清男人的位置后，叫他：快上来。

手机扩音很大，男人在电话里回：我也走不快啊，喘的。

74 岁的郭留法扛着一把镢头，提着一根细竹竿，气喘吁吁地出现在我们面前。远远地，起先带路的大嫂已经告诉他我们此行的目的，又替我们问：你爹叫什么名字？

他用竹竿在地上画：郭万余。

路过的村民都停下来，七嘴八舌开始叙述从老人们嘴里一次次听说的那起事件。

从郭留法的讲述中，知道当年烧死的还有他奶奶。那么爷爷是谁？他又在地上画：郭金成。郭金成也是被日本人打死的，不过不是那一次。

郭留法与胡家堖村的赵恩庆有着同样的命运，也是一名幸运儿。他能活到今天，是因为当时他还在母亲肚子里，而母亲因为怀着他，才住在山上的避难窑中而不是留在村里。

全民族抗战开始后，南庄因独特的地理位置，便有八路军驻了

当年惨案的幸存者、74岁的郭留法扛着一把镢头从地头赶回来，给我讲述抹不去的往事　(李晓斌　摄)

进来。村中82岁的郭保旺听力很差，可很清楚地告诉我们，他是1935年2月16日生，当了八年兵。村里那次大屠杀时，他七岁。他还清楚地记得，村里之前来过许多八路军，还开荒种土豆。他也近距离接触过这些战士，长得白白净净的，看到稀罕物件就问：这是什么东西？而且，还让他带着打狗、埋地雷。

有八路军住过的地方，一定是抗日村。也因为此，便成了日本人重点关注的地方。

1938年，早该过了秋收季，南庄村的农民却还在折腾地头最后的收成，似乎忘记即将要进入冬天。风也紧得早了些，以至于一边干活一边总是要哆哆嗦嗦。

正如侵华日兵荻岛静夫记录下的庐山山麓一样：

在这片土地上，山间有星星点点的村庄，一面是旱田，稻谷被压弯了腰，金黄色的一片，没人来收割，只有被皇军践踏，成了战争的牺牲品。

一面面红旗，高高飘扬在村庄的开阔处，民兵日夜把守，村民随时察看。

收割、隐藏，维持逃难中艰苦的生存。然而一批一批无辜的百姓，还是要在行走中、奔跑中、躲避中丧命。

农历九月二十三下午，在深秋的地头做着收尾工作的南庄村民突然被一阵“快跑！日本人来了！”的喊声惊起。一时间，地头的，灶台边的，挑水路上的，都在同一时间扔下手头的活计，慌乱地呼儿唤女。喊话者喘着气说日本人是从古楼角圪梁上下来的，这可是村民们平素逃难的方向。无奈，村民们只能往东。可是东边，一出去便是开阔的监漳滩。滩里的庄稼大部分已经收割完毕，平坦坦的无处藏身。再说，滩外滔滔的浊漳河也是阻挡出逃的最大屏障。

只有村南山坡上事先挖好的一眼避难窑洞了。可对于村中拖家带口的那些人而言，他们根本没有时间逃过去。地头奔回来的，路上的，身强力壮年轻麻利的，先呼唤着爬上南山坡。剩下的人，一致想到郭金成家。郭金成家与众不同，他家的一眼窑洞深处，顶部还藏有一处悬窑。悬窑，高高悬在一孔普通的窑洞中。这眼悬窑在郭金成家已经有历史了，是他的先人当年防备土匪与强盗专门挖下的，里面留有专门的透气孔道。唯一不科学的，是悬窑只有一个进出口。前几次日本人“扫荡”时，郭金成家的人还有村中一些百姓也都在这里安然避过劫难。这一次，来不及逃走的老弱病残及妇女儿童，齐刷刷拥向郭家，生病的、年老的、喂奶的、年幼的，一个一个连推带举，近半村人都挤上悬窑。

郭留法说，悬窑中竖横共有四个小屋子。那天，他的奶奶、两个姑姑、两个叔叔还有他八岁的哥哥郭来法，都在里面。

郭保旺说，那天，他与母亲也想着要去悬窑里躲，可他的二大爷与姐姐过去问时，说人已经满了，进不去了。无奈之下，他跟着母亲往南跑到沟里。他说当时还有一个邻居带着儿子也是挤不进悬窑，但是没与他们一起跑，后来也被打死了。

那一次，确实是悬窑容纳人数最多的一次。以至于进去的人都说，郭家的先人真是大手笔，有远见。

见证了风云变幻，保护过无数人的悬窑，再一次张开宽阔的臂膀，将村中无法出逃的百姓纳入怀中。尽管拥挤又呼吸困难，村民们还是长长舒出一口气，庆幸自己被安全隔绝在危险之外。他们安了心，甚至淡然地三三两两开始耳语，谈着日本人走后要收的庄稼，聊着回去之后要做的饭菜，说着村里还要再打几处逃难窑洞，想着家里的孩子该不该参军……拥挤的悬窑里，一时在窃窃私语中变得其乐融融。

有声音传来，他们判定是日本人进了村，顿时静寂下来。高高处在南山坡上避难窑洞中的人们，可以通过悬崖上的透气孔清晰地看清村里的一举一动。他们看到，日本人在汉奸的带领下挨家挨户搜查，就是抓不到人。他们放下一颗心，知道家里的人成功进了郭家的悬窑。他们看到，气急败坏的日本人开始放火，南庄村瞬间掩映在火光中。日本人又把沿路从古楼角等村庄抓来的20多名群众赶到南庄的打谷场上，逼问、折磨，发泄着对这座空村的愤恨。

墙上那眼洞孔，就是当年发生惨案的悬窑

（李晓斌 摄）

一户一户院子被点燃，从大门烧进窑洞，从炕下烧到炕上。所有能燃烧的东西，被褥、衣服、家具，全部融在火里。这火，自然也烧到郭金成家。外屋窑洞门上的草帘子，炕上的被褥，通通散发出浓烈的烟气，很快钻进悬窑。有人忍不住，传出咳嗽声。

单调的大火燃烧的噼里啪啦声，突然间有了人的声音。日本人欣喜若狂，循着声音发现了悬窑的秘密。

一切都是未知数。他们不知道悬窑里有多少人，藏着什么人，有什么机关暗道。于是授意汉奸喊话，却静寂无声。架起机枪，却因窑内有拐角，子弹无法伤及百姓。日本人便逼着汉奸上去抓人。然而汉奸明白，上去即是送死。于是想出狠毒的一招：点燃辣椒秆，逼出窑中人。

果然，呛人的滚滚浓烟直上，扑向那些毫无抵抗力的百姓。

汉奸叫嚣着：受不了就下来，放你们一条生路！然而倔强的百姓宁可一死，也不愿求得日本人的怜悯。搂抱着，挣扎着，哭喊着，直到变得无声。

日本人在惨叫声中大笑，却似乎没有过足毒辣的瘾。他们折身回到打谷场，将刚刚拷打过的外村百姓赶往郭福虎家，拿出刺刀，向着这些无辜者的血肉之躯展开刺杀。狂戾的笑声夹杂在声声惨叫里，传入南山坡上逃难的窑中。

火光燃尽，叫声停止。夜色掩盖了一切罪恶，村子归于寂静。

日本人带着满足撤离。南山坡上的百姓，急速下山，直奔郭金成家而去。那里有他们的亲人，有亲亲的乡邻。一进村，他们就觉出不祥。以往这个时间，悬窑中的百姓早已先他们一步迎候在村口。孩子们，也像往日一样撒在院中。

进院，眼前是熏得乌黑的窑洞，是心痛的鸦雀无声。他们叫喊着进得窑洞，只看到悬窑下厚厚的烟尘。

无声！无声！除了他们刚刚下山回村的人，无任何回音。

踢开灰烬，上到悬窑。他们摸到腿，摸到手，他们也拉到人。然而接出来的，不是一个一个，而是一具一具。

下午才说过话的人，几小时后变成痛苦扭曲的尸体。

整整 46 具，有老人，还有刚刚满月的婴儿。在不足百人的南庄村，整整半个村子人的性命就这么丢在了鬼子和汉奸手里。

怀着沉痛的心情，村民们一边流泪一边辨认。一共 13 口人的郭金林家，除他在太谷躲过劫难外，全部遇害；郭成丁，全家六口人

四个没了命；郭彦堂全家三口无一幸存，包括刚刚满月的孩子……

半村尸体，平展展摆在郭金成家的院中。剩下的半村人，跑着、蹲着、坐着、呜咽着守护着各自的亲人。

郭福虎的院子里，是另一幅惨烈的画面：24 具尸体，个个血肉模糊分不出面容，最多的一人身中十几刀。这些从外村被抓来的百姓，家里的亲人还不知道与他们已经成了隔世之人。

郭保旺说，他跟着娘在外住了一晚，第二天回村一看：“呀，人不像人村不像村……”

全村烧得不剩一衣一衫，甚至一草一木。70 具尸体，原封不动，面目全非躺在两户郭姓村民院中，再也不用躲避，再也不会害怕。

而屋里炕上，都是无法入眠的眼睛。瞬间消失的半村人，让剩下的人或许突然就没了面对死亡的恐惧。他们想得更多的，或许是死亡的方式。

这时旁边一个村民说，听说当年一次屠杀中一位村民无处逃脱时，突然看到院中的一口大铁锅，便躲了进去。敌人没有发现他，他却也在几天后死了。我问为什么？村民说：受了大惊吓。

不知道什么时候，郭保旺的家里聚集了许多人，他们都是南庄村的村民。炕上坐不下，他们就站在地上，静静地听，偶尔插一两句话，脸上都是悲伤的神情。他们每一个人，家里都有先人以这样的方式离开这个世界。就连一路陪同我们最爱笑的大嫂，也一脸肃穆。

郭留法一边听一边自言自语：再过两年来问，谁还能说清这些事？

亲历过惨案的 82 岁村民郭保旺

（李晓斌　摄）

天近黑。郭保旺坚持送我们出门，他一边与我们挥别一边说：记下来好！记下来好！

村民们跟着我们，一路出到村边。大嫂的那把扫帚还扔在路边，我们向她表示感谢并致歉时，她笑：说哪里话，你们多好。

上车了，他们挥手：再来！再来呀！

村子对面的文昌阁，村子下面的旧戏楼，与今天的村民一样，终于有了安然生存的土壤。

驶离南庄，驶不出记忆。离开武乡，忘不掉这片洒满血泪的土地！

抗日战争，山交岭、苏峪、韩北、胡家垴、马牧、枣烟、枣林、东良、南沟、洪水……一批批民兵，地下党联络人，无辜百姓，壮烈牺牲。

他们不是军人，他们却是不穿军装的英雄；他们没有死在战场，

却同样悲壮，他们不该被遗忘。

失声大哭！我的家乡，我脚下的土地，土地里埋葬的我的乡民。今天，还有没有谁，如期在一个盛大的日子，恭恭敬敬地追悼他们的亡灵？

夜里，突然进入一个梦：一双双手，把他们一个个聚拢，帮他们洗掉沾满血污的脸，给他们穿起一件件新衣，裹进一床床新被，一一装入棺木。

一个圆圆的坟头，一块墓碑。

一个又一个坟头，一块又一块墓碑。

有哀乐传来，萦绕着攒动的人群，回响在盛大的公祭上空。

我为什么书写这片土地

◎后记

这几年，经常有人问我，为什么执着地书写武乡？答案其实很简单，那是我的家乡，我美丽而忧伤的家乡。

但是，书写武乡，又不仅仅因为她是我的家乡。

地处太行和太岳两座大山之间的这片土地，境内的石盘山、广志岭、崇城山、板山都是独特的天然屏障，历来为兵家必争之地。坐守武乡的位置，就是扼守晋东南，既可掐断侵入华北的日军通过山西渡河到达延安，又能据守此地建立敌后根据地，开展敌后运动。早在 1933 年 8 月，武乡县第一位共产党员、中共武乡县党组织主要创建者、中共武乡县委第一任县委书记李逸三，就主持创建了第一个党组织，在暗夜的小山村里点燃了革命斗争的星星之火，举起宣传革命的猎猎大旗。到 1938 年初，武乡县发展党员便达到 2500 名，建立党支部 143 个。

翻开中国人民解放军军史和中国革命史，武乡这个名字出现频率颇高。

1937 年 7 月 7 日“卢沟桥事变”之后，抗日战争全面拉开。仅仅 4 个月之后的 1937 年 11 月 14 日，八路军总部朱德总司令、彭德怀副总司令和左权副总参谋长等领导人便首次进驻武乡。从这天开始到最后一次离开的 1942 年 6 月 17 日，八路军在不到 4 年时间里先后进驻五次，驻扎时间长达 536 天。

进驻次数最多、驻扎村庄最多、驻扎时间最长，奠定了武乡在中国抗战历史中的显赫地位。

这片土地，从此刻下光辉的印迹，让历史得以改变。

536 个日子，有烽火弥漫，有硝烟四起，有军民鱼水，有携手共进。

536 个日日夜夜，朱德、彭德怀、左权等战功显赫的领导人仫马太行、运筹帷幄，与 129 师师长刘伯承、政委邓小平一道，率领八路军战士浴血奋战，战胜重重困难，与敌作战 10000 多次，歼敌 10 万余人。

抗战时期，先后有 8 个旅、31 个团在武乡战斗与生活。在这片热土上，留下一代开国元勋与将领的光辉足迹。开国将领中 5 位元帅、5 位大将、19 位上将、49 位中将、300 位少将都曾在这里战斗、工作和生活。

铸就武乡这片土地的血性与风骨的，不仅有热血男儿的铮铮铁骨，还有柔弱女子的飒爽英姿！听听这些闪亮的名字吧：来自中央北方局妇委的浦安修、刘志兰、卓琳、王泓、马玉书、孙明、黄娣、徐若冰等人；来自“抗大”总校的郝治平、傅涯等人；来自我国现代革命斗争史上著名的妇女运动领导人康克清、李伯钊、刘亚雄等人，均在这里长期生活、战斗，并领导和组织了当地妇女解放运动，她们以女性的坚韧与倔强，带领勤劳勇敢的太行妇女冲破封建牢笼，投入大生产运动，甚至走上抗日战场，为争取抗日战争的最后胜利贡献了卓越的力量，成为华北妇女抗日救国的运动中心，在根据地妇运史上写下光辉的一页。

一个个风云人物，在这片土地上大刀阔斧，开启了一个个崭新的篇章。到 1940 年，八路军队伍已壮大到 40 万人，收复县城 150 座，解放敌后人民 4000 万，迎来抗战胜利的第一缕曙光。

淳朴善良的武乡人民，在这样的阵势中，在这样的氛围下，自然是誓死保家园，热血为吾华。出粮、出兵、出干部，一批批青春男儿奔赴战场，一个个如花女子救死扶伤。身处后方的普通百姓也不甘落后，奋起支前，仅军粮一项就高达 20 万石，折合 9000 万公斤。

武乡的小米养育了八路军，烽火也历练了武乡人。当时，不足 14 万人口的武乡，参加各类抗战团体的人民竟达 9 万人之多，报名参加八路军的武乡子弟达 14600 多人。

他们奔赴的目标，是战场；他们奔赴的前方，是刀枪。全民族抗战八年，武乡兵民血洒疆场为国捐躯的烈士近两万人之众！

那个时候，军爱民，民拥军；那片土地，热血沸腾，前赴后继。

在武乡战斗与工作过的老首长深情表达：“领袖的足迹在这里留下，人民的军队在这里壮大，民族的脊梁在这里挺起，时代的精神在这里升华……”

武乡，不愧八路军之都，民族脊梁！

武乡，是一座没有围墙的抗战历史博物馆，是抗战年代支撑共

和国大厦的坚强基石！

武乡，更是一首永远唱不完的英雄之歌！

记得小时候，爷爷奶奶常常会提到日本人；上小学写作文，还在老师的指导下采访过村里放羊的爷爷，他时而怒气冲冲时而骄傲十足，因为他用鞭子对抗过日本人。那时候的电影，许多与战争有关。想看电影，却期待看结尾，因为只有结尾是欢乐的：随着嘹亮的冲锋号声，我八路军一举而上，消灭敌人。尽管如此，内心却常常有一种不安，日本人，会不会再回来？战争，会不会再发生？

忧伤的内心，缘于一段忧伤的历史。

2015 年，是抗日战争胜利 70 周年。因了这个节点，我走近一些参加过抗战的老兵。记得县民政局负责人与我核实采访人员时，提笔划掉两个名字，说是刚刚去世的；随后又勾出十多个，说这些或卧病在床或因听力、记忆力衰退已经完全不能沟通。说完后轻轻叹了一声：这是一份一年比一年更短的名单。

那是沉重的开始。就是那一刻，我觉出这份名单的分量，也觉出肩上的责任。几经努力，我接触到 13 位抗战老兵。其实就是民政局精心挑选出的这些人，也大多听力不行，有两位完全听不到声音。

2016 年到 2017 年，我又陆续走访了不少村庄，寻访到一些在抗战中遇难的烈士后人。这些人大多超过 80 岁。岁月磨砺下，他们与那些老兵一样，最大的问题是听力障碍。然而这些老人家，一个一个，都努力想听清我的每一句话，也都非常努力地回忆尘封了多年的如烟往事。他们用并不清晰的表达，向我描述着当年。

我用每一次采访后嗓音嘶哑作代价，倾听着他们隐秘处的心灵记忆。

当年，就这样一幕一幕，传递到我的笔下。

采访过几十位老人，每人与我的交流至少都在半天。他们中间，没有一个人停下来喝过一口水，没有一个人说过一句累。他们每一个人，都有长长的故事要向我呈现。每一个人，也总是带着不舍的眼神送我离开。

2015 年初接触时，老兵当中年龄最大的已经一百岁，最小的也有 88 岁。郭贵云，在长乐滩大战现场，接受了我的采访，提起70年前逝去的年轻战友，他几度哽咽，默默落泪；魏太合，今天谈起当年的老班长，还是忍不住问我：孩子，你说他身上的 27 刀，日本人是怎么扎下去的？当年野战医院的护士王桃儿，曾眼睁睁看着无数烈士的鲜血，将蟠龙的石门、南郊的土地浸润得一片殷红。她在我面前长长叹息："他们都死了，我怎么还活着？"

犹记，马家庄 82 岁的老人赵炳旺刚刚开了口便哽咽：不要说了，不想说了！犹记，胡家垴惨案幸存者边擦眼睛边说：等等再说……

每一次采访，都是一堂沉甸甸的课程。每一次倾听之后，都有一种感觉，土地不是我熟悉的土地，村庄也不是我熟悉的村庄。

提到战争初始的长乐急袭战，几位老人异口同声：血水！血水！当年的浊漳河，成为红色的海洋。他们说：一场大雨过后，涨了大水，才冲走两岸埋也埋不完的尸体。

关家垴，处在武乡东北的高地上。那里曾发生过一场无比悲壮的战斗，大地刺眼地浸泡在鲜红中。2016 年深秋，我终于来到这里。蜿蜒的山路，一路攀上，关家垴的村民正在收玉米。纪念碑前，杂草丛生，高近一米。我不知道草多长时间可以长这么高，我也不知道为什么英雄的墓碑前全是荒草。问过村人，他们说国庆刚刚祭

奠过。是的，杂草中散落着两个花圈，两个空啤酒瓶。证明村人来过，证明有人记得烈士的英魂。

近两年时间，我从武乡西面的南关，行走到东头的关家垴，足迹涉及全县 14 个乡镇中的 11个，以及襄垣、太原等 30 个村庄（市县），文章内容涵盖了整个武乡县。一寸一寸的丈量中，曾经的岁月在我脑中一点点明晰。这些苦难深重的老人，这片英魂遍地的土壤，为我翻检出一段一段血迹斑斑的历史。

近两年，我断断续续，却几乎走过整个武乡。作为一名武乡人，我深感惭愧。一边走一边想，我的家乡，原来是这般模样？竟然是这般模样！

问过一些孩子：知道武乡的抗战史吗？家里有因战争死去的先人吗？孩子们茫然地摇头。一位老师告诉我：孩子们怎么会知道，书本里根本没有。

孩子们怎么会知道？连我这个从事文字工作的人，也竟然是在开始写这段历史之后，才知道我的曾祖父，竟是死于日本人之手。

生在新中国，长在红旗下的我们，欠下多少课程？

爷爷奶奶走了，讲故事的放羊老汉也到另一个世界去了。曾经悲伤的电影，也没有了。哪里都是莺歌燕舞，哪里都是春暖花开。

战争，真的远去了。

可是，战争是不是真的远去了？

越了解，越忐忑。我怕我不能完整表述出这片土地，以及消失在这片土地上的人们。

从 2015 年的纪念抗战胜利 70 周年，到 2017 年的抗战全面爆发 80 周年，我用近两年时间，重温了家乡的抗战路程。我不敢说，我走完了这片土地。因为，还有许许多多的沟沟坎坎，我没有去到；还有许许多多装着一肚子苦难的人们，我没有遇到。

只能说，走过的路，问过的人，我侧耳倾听他们的心声，忠实记录他们的记忆。他们心安，我亦心安。

作为这片土地上出生的人，作为今后将继续从这片土地上汲取养分的人，我至少可以告诉他们，对这片土地，我越来越熟悉，也越来越爱得深沉。

而这本书要再版的今天，离最初的寻访过去整整 8 年。书中采访过的 13 位老兵，仅剩1 位。那些给我讲述过抗战记忆的老人，也一个接一个离开人世。

他们终究要走，但历史不应该被带走。

感谢，那些虽然不清楚那段历史的村民，却愿意放下手头的活计，带着我推开一扇又一扇门，找寻一个又一个有历史记忆的老人。

感谢，有那么多读者走进这本之前连我都不太看好的书。

我欣慰，若干年之后有人再问起这段历史，不必像我今天这样千方百计地去寻找。

再次写下这些文字，忧伤的气息依然扑面，如同行走在那片大地。

这是一本献给武乡的书，也是献给所有被日军侵略过的中国大地的书；这是一本纪念在这片土地上牺牲的有名与无名烈士的书，也是献给所有为了中国抗日战争而牺牲的先辈的书！

如此，**武乡就不仅仅是哪一个人的家乡，它是抗战那些年间，苦难中国的缩影**。

致敬，武乡！致敬，中国！

跋

在心里，为历史竖一块碑

——写给蒋殊和她的《重回 1937》

王 芳

“失声大哭。”

当我看到最后，看到蒋殊写下这四个字时，合上那些白纸黑字，一个人躲在房间的角落里，没有开灯。窗外，风穿过树叶，有飒飒的声音飘进房里来，有一丝儿苍凉也顺着风爬窗进来，雨就要来了，我怔怔地坐着，一摸脸，竟也已经有湿意蔓延。心，沉入一个世界里时，外部景物也会配合出该有的场景吗？我不知道。

这是蒋殊的新作《重回 1937》，即将出版时我便近水楼台先拿来看。

这些年，时间被我们使唤成了碎片，我就在这样的碎片里读完了它。我已经说不清这是第几次心潮澎湃着，如同浊漳河（我和她共同的母亲河）的水，奔腾着也呜咽着。一次次硬生生地压下这种奔腾和呜咽，继续读，继续澎湃，再压抑着。这种感觉太难受，恨、痛、怒、伤，种种情绪纷至沓来，搅得人不得安宁，只能读下去吧，读完它，也许可以远离？从来没有这样感觉过：悲壮和可歌可泣，已经不是一个历史名词和战争的形容词，而是真真实实的情绪，从心里到心外，衍生出悲伤、悲凉来。

蒋殊写的是她的家乡武乡，写的是她血浓于水的土地，写的是一部抗战史，写的是曾经苦难的中国。

多少年，我一直在她身边。她柔柔弱弱的，慈眉善目，对你笑时，满脸都是花瓣，无法想象这样的她会和这样鲜血淋漓的土地叠合在一起。可是，还是重合了呀，那是在这块土地上消失了的乡亲以及那些异乡人，他们的血流进了浊漳河，经由河水流入土地，土地上长出的庄稼经由空气和粮食，进入蒋殊的身体。她身上涌动的不是她的那一颗女儿般多情的心，而是千万个英灵的使命与向往。她，服从命运的安排，拿起她的笔，用她的情来书写、来偿还。

今天的我，周围一城荒原。夜色愈沉时，蒋殊便出现在我眼前了。

她在她的土地上行走，一个人一个人地去寻找，一个村一个村地去丈量，寻找那些远去的故事，丈量武乡曾经为中国历史奉献出的丰碑到底有多高多大。她说一口纯正的武乡话，她一回到她的乡村便是这样，乡音是她最美的表达。她亲切地与那些参加过抗战的老兵交谈，那些老兵也亲切地看着这个漂亮的女娃娃。她穿着都市摇曳的花裙，却依然会坐在乡亲们的炕头上，等待他们讲述已经久远了的再也不想回望的记忆。而背过身去，她会哭泣，她的头很多次埋在方向盘上不愿起来。我心疼她，真的，她那样娇弱的肩膀怎能扛得起战争带来的伤痛啊！

擦擦泪，继续寻找和丈量，这是她的使命！

书中的文字是波浪起伏的，每一个老兵都有不一样的故事，每一个故事都有不一样的结局。带给我们的冲击和感动也不一样。

蒋殊对发生在这块土地上的战争，不论大小，都有涉及，但她

没有把笔墨停留在战争中，没有停留在战场上，而是去找寻曾经参与者的来龙去脉，去探究他们与战争面对面时的心理与伤痛，去冷静地表述他们当下的状态，通过这样的视角让我们看清战争给国家、人民带来的创伤以及难以愈合的心理隐痛。

实际上，她能寻找到的实在有限，历史早已被时间这个刽子手弄得面目全非。这些老兵已经是风中烛雨中花，在老兵们心里，时间失去了具体的标准和计量功能，能回忆到的东西也有与历史相背而行的态势。她只能一点点地拼凑，再从史书中挖出只言片语来，小心地去求证、订正和补充，以期能还原出一段过往。明明知道是不能再复原的历史，可还是得进行下去，因为即便这样，老兵和先烈们的名字也远远超过了民政局记录里单薄的名单，超过了各种书籍中不成样子的零星记录，甚至有的只是口口相传，等到人去楼空时，历史将变成风吹过的平原，再无踪迹。就在这个过程中，虽然能确切地感知到一些细节，虽然这些细节还是模糊的，而历史却清晰起来。

所有的历史都不会被隐没，我们看到的是书写者对历史真实的记录。作为历史的书写者蒋殊呕心沥血地去打捞历史的碎片，一个作家的良知呈现出阳光般的明艳。

蒋殊的笔下，山川、河流、土地、草木都是有生命的，它们在特定的时代参与战争，“脚下的这片土地，一寸一寸尸骨遍地，想着想着，风便来了，呜呜咽咽”“坐在阳光里对抗孤独”“一头驴的耳朵顺着风贴在脸上”“老槐的心里，藏着血泪”“疲惫的羊山最后挺立起伤痕累累的身躯”。这些语言从作者的笔端自然而然地流淌出来，在武乡的土地上跳舞，多么美啊！而由这样的美去构建战争的痛，又有着撼动人心的力量。你读了，就会懂。

她的笔下，那样惨痛的历史，幸存的老兵们却无一例外地安享生命，享受阳光，且对现今的生活存有感恩之心，他们身虽伤残，心却高贵，静静地在光阴里守着人世最后的温暖。

想到这些，我便要哭！

对于他们给予这个世界的，对于武乡这块土地给予我们的，我们有什么回报呢？蒋殊没有说，但我知道，她悄悄问出两个问题，那就是人们该怎样看待逝去的历史，该怎样对待自己的生命。

我不擅表达，只是默默地看着她辛苦、努力。她希望将来人们记住的不是她的容颜，而是她的文字。

她用这些文字，在心里，为所有的英灵竖起一块碑，一块无字的神圣的碑，一块有风骨的碑。

如果这些文字变成带有墨香的书页，有棱有角，逶迤地归来时，我想，我是不是不会再看了，看一次有一次撕裂般的痛，看一次体会一次蒋殊流不尽的心头泪。

泪流过之后，我却知道，蒋殊以她的文字站立，为了铭记！

◎ 本书参考资料来源于《虎团春秋》（郑国仲、李志宽著）以及中共党史出版社《武乡抗战故事》（魏书文总编、郝雪廷主编）系列丛书。

◎ 另有部分资料由王照骞老师提供。

◎名家点评

“他们都死了，我怎么还活着？”

王宗仁

（一级作家、鲁迅文学奖获得者）

这部纪实散文，再现了作家蒋殊散文诗化的创作风格，解读了武乡沉甸甸的战争痛苦。从书名及题记就明白无误地告诉读者，这是一本关于武乡及作者在武乡行走之书，捡拾之书，回望之书。我们不能不首先提到她的后记《我为什么书写这片土地》，这片土地就是她“美丽而忧伤的家乡”。作者在文章里为我们提供了一组凝沉着战争硝烟的血染的沉重数字，以及数字背后蕴含的沉重故事，让我们懂得这样一个真理：战争给中华民族塑造的英雄，不仅仅是“战场上的英雄”，还有不穿军装的淳朴善良的民众，他们“出粮、出兵、出干部”。“国难当头时，这些身无一技之长的农民，扔下锄头，扛起简陋的枪支，成为冲锋陷阵的战士。”

蒋殊在固执地用一种女性独有的方式，打量战争疮痍满目的武乡土地，总能从最细微处打动读者心灵。让你于压抑的心的起伏间，却又极为不舍读她的文字，感受战争的残酷与无奈。

英雄的武乡土地是壮美的。

在我们的军史和革命史上，“武乡这个名字出现的频率颇高，八路军总部在转战中总共走过82个村庄，仅在武乡就走过九个村庄，也是转战35个县中走过的村庄最多的县”；在抗战期间，八路军“先后有八个旅、31个团在武乡战斗生活……开国将领中5位元帅、5位大将、19位上将、49位中将、300位少将都在此战斗、工作和生活”；抗战那些年，“不足14万人口的武乡参加各类抗战团体的人数竟达九万人之多，报名参加八路军的武乡子弟14600多人，武乡兵民血洒抗日疆场，为国捐躯的烈士近两万人之众”……这就是战争中的武乡，它释放着浓烈而持久不散的硝烟战火气息，每一寸热土都翻腾着血染的风浪。

南关村当年倒下的18位烈士大都未成家，因此如今没有几个后代。74岁的孟还元是村里唯一的烈士后代。他父亲去世时他才八个月，两三岁时母亲又因病去世。他一直跟着姥姥长大。蒋殊这样描述她见到孟还元时的情景，“对于父母，他毫无记忆。不过他告诉我：‘妈妈属兔儿，爸爸属狗儿。’口齿始终不清的老人像孩子一样清晰说出‘妈妈，爸爸’两个称谓时，我听得内心一阵热，一阵酸楚。老人对爸爸妈妈的呼喊还停留在其年幼年代”。蒋殊在紧锣密鼓地缜密描写之后，突然惜墨如金，有意留着空白。文尾她写道：“南关村竖立着一座纪念碑，记录着英雄的名字，诉说着惨案的经过。”纪念碑上肯定不会写上孟还元，但是人们在读碑文时又怎能不想到他呢；关家垴战斗后留下的那块高地，成了烈士的墓地，蒋殊有详细的记述，她爱英雄，爱到恨，爱到疼痛，从地层下爱到山顶，再爱出去。那一次战斗结束后，群众挖着壕沟，分上中下三层把烈士像埋萝卜一样，放一层添一层土。开始还在每个烈士身边插着牌子，记着名字和籍贯。“后来狼拖狗拉的，就分不清谁是谁了，只

好重新挖了一个大坑，全部埋在一块儿。”她写道：“脚下这片土地，一寸一寸，尸骨遍地。你不知道，哪一脚便踩着一个战士的身体。”

美丽的武乡为什么格外“忧伤”?

不能不提到蒋殊采访过的当年129师野战医院护士王桃儿。白天，她一个伤员一个伤员抢救；深夜，她一个尸体一个尸体埋葬。一位年轻的小战士在她转身出院的瞬间没了呼吸。临终前，他曾绝望又含着希望呼唤她：“老王——”她在蒋殊面前长长叹息：“他们都死了，我怎么还活着?”这句话像刀子般闪亮地疼痛。与其说王桃儿在发问，不如说她在自责。这带着强烈主观色彩的内醒，贴近生活更贴近心灵。王桃儿自觉地把自身推向了极大的不自由乃至精神谴责的边缘，显示现实生命向民族生命的轨迹靠近。

武乡的“忧伤”，并不完全在于王桃儿心上留下的日本人的刀痕，而是在警示今天活着的武乡人以及武乡之外的人，不能忘记自己为什么能活着。

“他们都死了，我怎么还活着?”我被这句话深深地震撼着，五内俱焚地震撼着。我正是沿着这句话通览了《重回1937》。我甚至猜想，这句话正是蒋殊创作《重回1937》的因由，或者说驱动力。走进了武乡，战争中的武乡和战争之后和平的武乡。

《重回1937》是一部战争题材的纪实散文，写的是抗战期间武乡战场上给人们留下巨大悲凉的“苦难往事”。但是读后传递给我们的是辨真的能力、向善的能力和审美的能力。作为一个终生的职业军人，又参加了甘南平叛和西藏平叛斗争，我对这类题材的作品有与生俱来的偏爱。和平年代是一个没有战争的年代，准确地说是一个准备战争的年代，我们将要面对的战争比过去经过的任何一场战争都要更具有杀伤力，也更残忍更彰显人性。

历史不是与现实无关的废墟。蒋殊怀着使命感站在时代的高度关注武乡的那段抗战历史，找到了与当今生活的共鸣。所以我想说，文学的精神引领是需要作家的勇气与实力的。

是什么打动了我们，穿透了历史？

杜学文

（著名文艺评论家）

2016年，蒋殊的一项创作计划得到了中国作协的重视，那就是深入当年八路军总部所在地山西武乡，采访那些参加了抗日战争的老兵。对她的这项创作计划当然是充满了期待。这不仅因为山西是抗日战争的敌后根据地、战略支点，也因为蒋殊的选题是那些普普通通的老兵——在正史中难以留下姓名的人们。随着岁月的流逝，这些老兵陆陆续续离开了我们。而仍然健在者也越来越少。所以，她的这一创作就带有了抢救的性质——与时间的赛跑，与生命极限的赛跑，与历史的赛跑。

《重回1937》是一部非常感人的作品。在本书还未成形时，最初几部分便在《黄河》刊发。读那些篇章，已被深深打动。这确实是一部有情感、有温度、有品质的作品，从一个特殊的角度——普通战士在特殊时刻的命运际遇，表现了我们民族在生死存亡的关头，每个中国人，特别是那些普通人是如何抉择的，是怎样为了国家命运、民族未来奉献自己的。当年一群在田间地头劳作的青春男儿是如何放下锄头扛起刀枪走向战场的，是什么促使他们为了国家舍弃小家的。任何人在静心阅读这部作品时都会流下真诚的眼泪。因为当我们面对这一鲜活的历史时，会受到强烈的情感冲击。**不是说我们在阅读过程中失去了什么，而是说，会从这些人身上感受到一种精神，一种力量，一种气质，一种中国人能够克服各种艰难困苦，最终走向美好未来的发自内心深处的力量。**当然，在这部作品中，我们也看到了蒋殊创作中的进步与变化。

蒋殊近年的成长与进步，我以为主要有这样几点。首先是她的格局在逐渐变大。作家格局的大小对其作品的品质至关重要。格局大小并不是说描写题材与人物的大小，而是说在作品中表现出来的思想深度、精神品格与情感世界。优秀的作家，即使是描写了许多细小的事物也往往透露出深远的品格。而格局小的作家，即使是描写大事件、大人物，也往往显得浅薄、细弱。如果单纯以蒋殊描写了所谓的“战争”题材，还不能说她的格局在变大。这里，我主要强调的是，她在这部作品中关注的不仅仅是这些普通的战士经历了什么，而是比较翔实细致地描写了这些战士的人生命运。作者把个人的命运置于那一特殊的时代，使今天的我们能够走进、感受到民族危亡时刻每一个人的人生际遇。大时代与小人物的有机统一，是她创作的一个显著变化。这是一种积极的令人欣喜的变化。

但是，需要强调的是，虽然蒋殊在这部作品中对个人存在的时代进行了比较多的表现，但她并没有忽略对人物行为、内心，以及由此而构成的命运的描写。在这种变化中，她并未失去一个女性作家“细腻的描写”与“委婉的叙述”，以及由此而形成的感人力量。甚至从某种程度上讲，我认为在这部作品中，这种“细腻的描写”与“委婉的叙述”要比此前的作品呈现得更好。因为她以前的作品，大都是写身边的人与事，相对而言更易抒情。而在这部作品中，社

会生活的含量更为复杂。如要介绍清楚老兵的家世，战争的发展态势，以及属于历史、军事、政治，甚至地理环境等诸多方面的特殊“话语”，都是一些见血、见肉、见骨、见命的“硬事”。因而，在承担这些相对复杂、与今天的读者有很大距离的历史“话语”时，往往会冲淡情感的抒发，以及描写的心境。作者必须克服这些不可回避的表达“障碍”，进入形象世界与情感领域。这对作家是个很大的考验。所幸的是，蒋殊在创作这部作品时，没有被这种“非文学”的知识概念淹没，而是极为自然地使之融化在作者的情感表达之中。读者仍然能感受到女性的细腻与深情。我们欣喜地看到，蒋殊在向宏大转化的过程中，细腻的东西没有失去，反而得到强化。这应该说是她创作中另一种积极的变化。

从这部作品中我们也可以感到，蒋殊的情感在从个人向更深远的境界升华。我们不能否认个人的情感。如果这样的话，人类就会蜕变为没有情感的“物”。但是，文学所表达的情感不能仅仅是个人的，而应该是立足于个人，通达至社会。个人的情感之所以高贵，是因为这种情感代表了社会秩序的伦理与价值选择。如果仅仅只体现个人的好恶与利益，这样的情感肯定是低卑的、浅薄的。这并不是说蒋殊此前的情感表达就如何个人化，事实确实并不如此。我在这里强调的是，在《重回 1937》中，蒋殊把自己的情感、老兵的情感与读者的情感打通了。在这部作品中，体现了更加突出的社会性，因而就具备了更为突出的崇高感。她是非常真诚的。面对这些老兵时，她的灵魂一定受到了洗礼。这种面对，其实是对一段民族历史的重新进入。这段历史对许多人来说是陌生的、模糊的、概念性的，但对蒋殊而言却是具体的、鲜活的、有切身体验的——直到每一个生命，每一个细节，每一句话，甚至每一个具体的选择。进入这段历史，并且进入这段历史中每一个鲜活的生命，是一种挑战。当她面对历史时，也就面对着挑战。我觉得在那一些时光中，她精神上是有些崩溃的。她无法平静地面对那些选择，她甚至感到自己唤醒老兵对过往的记忆是一种“残忍”。但值得欣慰的是，她还是战胜了自己——出于对历史的尊重，对老兵们命运的尊重。在后来，她生发出与时间赛跑的信念。她希望能够让这些处在生命最后阶段的战士们看到自己的名字被印在了书上——这也许是蒋殊，以及我们这代人应该而且能够做到的事情。她觉得这是对历史的交代，是对这些曾经为民族、为祖国流过血的英雄的告慰——尽管是来自80多年之后，尽管是来自一个享受了他们用流血与牺牲换来的和平而又对他们缺少认知的他们的后人。

当这样的情感从蒋殊的内心涌动，并升华为一种信念的时候，她就真正地进入了这段历史，了解了这段历史，并通过老兵感受到民族所蕴含的强大力量。这种情感不仅体现在她采访的过程中，当然还体现在她用文字表达的过程中。**历史终将成为历史。那些当年青春年少的战士——今天的老兵终将随着时光不可挽回地流逝。对此，我们毫无办法。但是，我们可以通过更多的东西留住历史，留住老兵。即使这些珍贵的存在离开我们，我们仍然有良知与道德，仍然可以通过包括“笔”与“书”这样的方式使曾经发生的一切留在今天。**蒋殊就代表我们做了一件这样的事情。也许，我们还应该做更多的事情。

在《重回1937》中，可明显地看到蒋殊创作的变化与进步。这种变化与进步是带有积极意义的。我们希望通过文学，让更多的人

关注人的命运，关注国家的变化，关注民族在转型进程中所面临的挑战与考验，以及我们是不是能够战胜挑战与考验，一路向前，走向未来。这是每一个作家都不能回避的。

“纪念无名者比纪念知名者更困难”

金汝平

(诗人 评论家)

我用了几个夜晚读完蒋殊的《重回1937》，内心感到深深的不平静。

这是一本向无名英雄致敬的书。英雄，虽然很难给他们下一个严格意义上的精确清晰的定义，但从个人的认识中，在我们心灵深处体验中，英雄首先是完成了一种出色与崇高的人格。他不是简单满足个人私欲，给自己掠取金钱富贵，使自我获得极大荣光，而是在特定的时代背景与人生处境中，通过英勇的行动，巨大的牺牲，无私的奉献，为一个集体、一个国家、一个民族做出某种意义上不可替代的贡献，因而引起人民发自肺腑的尊重与敬仰。为了自我的私利而牺牲，可能轻如鸿毛；为民族与国家献身，重于泰山。蒋殊的《重回1937》，把我们带回那个战火硝烟的年代，那是一个需要英雄并且出现英雄的年代。许许多多的英雄中，有些是有名的，如狼牙山五壮士，如张志忠，戴安澜，左权，赵一曼，杨靖宇，他们用鲜血染红我们的记忆，以特别鲜活的方式活在我们记忆最深处，并且无形有形地塑造着民族精神。但是，还有更多的无名英雄，他们同样是为了脚下的土地而牺牲，但却因种种因素消逝在历史无情的黑洞当中。

重回 1937 ，怎么重回？以什么样的方式重回？蒋殊找到一个非常关键的切入点，那就是书写红色土地上的民间无名英雄。她明白一点，如果让那么多依然活着的英雄悄悄逝去，就意味着抗战历史的缺失，导致民族记忆的空洞，甚至错误。作家的义务感与责任感，驱使她呕心沥血踏实写作，完成了这本非常有价值的非虚构作品，以她自己的方式表达了对无名英雄崇高的敬意。老兵作为一个群体，因为社会历史的种种困境，他们在不同的意义上遭到忽略。精神上的创伤、物质上的匮乏是客观存在的事实，比如蒋殊提到一位叫王生怀的老兵，初见他时，“他背朝我们，坐在锅台边，在吃少半个馒头。那是下午四点。看到有人来，他急于想放下，便探过身子要把馒头放在稍远一点的锅盖上。这样一个动作，他颇费了一些力气与时间”。老人之所以颇费了一些时间，是因为身上的伤。面对此情此景，我们这些活在和平时代的人，内心不能不充满愧疚。忘记过去，就意味着背叛。人类的文明史精神史，就是人的记忆力与人的遗忘所进行的殊死斗争。我们不能想象，今天散落在民间的老兵内心深处强大的孤独与落寞感。蒋殊在《攒一世深情凝望你》中写道：“我接触过的老兵，不管生活条件好坏，唯一的困扰便是孤独。记得从曾经的八路军野战医院看护长王桃儿家离开时，90 岁的老人家拉着我的手久久不松开，并且努力地一个接一个寻找话题，甚至家中有几口人，孩子几岁，父母在哪里，身体好不好，都要一一问过，都要一一夸过。看着快速落山的夕阳，我几次试图不动声色，把我的手从她的手中抽出，可她总是以胜过我一筹的力量给我强烈暗示：不要走！不要走！我可以清晰地听到她内心滚落出孤独的声音，就是想让我留下来，聊一聊，再聊一聊。”固然，他们当时的冲锋陷阵与赴汤蹈火前赴后继，都是听从民族大义的呼唤，并不是为了获得后人的赞美与理解。他们首先是为了保卫父母、保卫家乡、保卫自己、保卫民族而放下锄头扛起枪支的。但当这些牺牲没有得到相应的理解，他们也会感受到难以言说的酸甜苦辣。蒋殊这本书中，我们不难看见，出现在她笔下的这些老兵们内心深处有一种饱经沧桑后的复杂情感，比如一个老兵听说她采访这些为了“让现在和以后的人们记住”时，“嗨一声笑了：谁记这个！”一声淡淡的“嗨”，包含着老人多少伤痛与无奈？在蒋殊采访过的许多老兵以及有抗战经历的老人中，表现出某种木讷，不愿接受，便是战争给他们造成的伤害太恶劣了，至今仍带着伤痛，想遗忘，想逃避，不愿再触及。如她在《那个随着牛羊奔跑的孩子》一篇中，问及赵炳旺老人是否记得当年逃难的情形时，老人“刚刚说了两句，就哽咽了，眼里噙着泪：不要说了！不要说了！”然而对一个作家来说，把他们在抗战中真实的遭遇，忠实地记录下来，乃是当之无愧的责任，于是蒋殊一边向老人们致歉，一边记录。因为她知道，“在脑子里保存着这段历史的老人们，一个一个，陆续要离开我们。他们终究要走，但历史不应该被带走”。著名作家本雅明的纪念碑上，铭刻着这样一段话：“纪念无名者比纪念知名者更困难。历史的构建是献给对无名者的记忆。”

每一个写作者，都离不开自己的精神之根。这种根首先深深扎根于故乡的沃土。故乡塑造了我们最早的记忆，最早的梦想，最早的爱恨情仇，并且以一种巨大的笼罩让我们终生纠缠在这种波澜壮阔之中。蒋殊的故乡武乡还有一种特殊意义上的重要性：那就是它是八路军最重要的根据地，是将军的摇篮，当年，刘少奇、朱德、

任弼时、彭德怀、杨尚昆、左权、邓小平、刘伯承、徐向前、聂荣臻、薄一波、罗瑞卿、滕代远、杨立三、傅钟、陆定一等一大批老一辈革命家都曾在此运筹帷幄，指挥华北抗日游击战争与根据地建设。这是一片红色热土，许多将帅为了民族的生存都在这片土地上与敌人厮杀过，拼搏过。面对日寇铁蹄的践踏，他们高高扬起头颅，挺起不屈的脊梁。而当蒋殊把自己的写作之根越来越扎根于武乡时，她就不可避免地与这种最强悍最坚韧也最博大的民族精神相遇。如果说她的处女作《阳光下的蜀葵》同样是以故乡的人与事为背景，但更多捕捉的是故乡的人情美，风景美，温暖的亲情与友情，那么几年之后，当蒋殊带着她走过的山山水水看过的诸多风物印痕再次回归，故乡在她的眼中呈现出更深刻、更悲哀、更广博的存在。她摆脱了对故乡那种轻盈而愉悦的描绘，重新发现了蕴含在故乡土地深处最庄严最伟大永不妥协敢于牺牲的舍生取义的精神。一个作家，如果不满足于固步自封，就要不断重新思考重新反省。这，要求一种能力，一种不断更新自我的能力。这时候，于蒋殊而言，武乡就不仅仅是一个地理上的故乡，它曾为人民子弟兵高高矗立，是一座没有围墙的抗战史博物馆，蒋殊眼里的武乡成为另外一个武乡。正如她说："每一次采访，都是一堂沉甸甸的课程。每一次倾听之后，都有一种感觉，土地不是我熟悉的土地，村庄也不是我熟悉的村庄。"这个武乡，包纳着更多的风雨沧桑，血与火，埋藏着更珍贵的精神财富。几年前，我想蒋殊写不了这本厚实的书，只有当她拥有丰富写作经历与丰厚人生阅历的今天，这本书才水到渠成。蒋殊的写作也由对个人小天地的迷恋走向历史与现实互相交融的广阔大地。她的视野在扩张，审美的境界也由相对狭小变为辽远开阔。这不就是一个作家不断的进步吗？这种进步也意味着，蒋殊在写作中保持了原有感性丰富的同时，理性因素也在不断加重，因为她“越了解，越忐忑。我怕我不能完整表述出这片土地，以及消失在这片土地上的人们”。

这本书中，蒋殊是老兵群体的见证者，是战争残酷与丑陋的见证者，也是我们民族不屈的精神状态的书写者。客观上，也是对抗战的某种偏见的反驳与否定者。中国近代史上，抗战至为关键，它以惨痛的胜利改变了中国百年来耻辱的历史，所以蒋殊说她要“含泪为胜利鼓掌”。从辩证法角度看，日本军阀对中国入侵犯下惨无人道不可饶恕的罪行，但从另一个角度来说，正是日本侵略者的杀戮，激起中国人民的反抗，这就是置之死地而后生。中华民族在抗战中实现了精神上的大变化，大超越，可以说是一个民族凤凰涅槃的伟大历程。抗战中，国民党共产党都做出伟大贡献。以前，因为意识形态原因，我们对国民党抗战有所忽视，现在已经纠正了这个态度。但在这样越来越趋于客观化过程中，另一种偏见又冒了出来，那就是否定共产党抗战，怀疑共产党抗战，对共产党抗战采取亵渎与贬低的态度，我认为，这种态度是错误的。但用什么来证明这一点，是用许多相对空洞的历史概括吗？还是用具体的活生生的人事？蒋殊用了近两年时间，“从武乡西部的南关，行走到东头的关家垴，足迹涉及了全县 14 个乡镇中的 11个，以及襄垣、太原等地 30 个村庄（市县），文章内容涵盖了整个武乡县。一寸一寸的丈量中，曾经的岁月在我脑中一点点明晰。这些苦难深重的老人，这片英魂遍地的土壤，为我翻拣出一段一段血迹斑斑的历史”。她用实地丈量，纠正了这种偏见，回归历史真实，回归抗战真实，揭穿那些貌似有

理其实错误的谣言或谎言。在这个意义上，蒋殊重新肯定，重新挖掘，重新记录，重新歌颂了八路军辉煌的事迹，有着它现实意义上的必要性。在当今全民娱乐至死崇拜明星的畸形消费狂欢中，在拜金主义道德的大滑坡中，对英雄主义的重新提倡，对人的精神力量、人的品格与风骨的重新评价，难道不正具有一种非常急迫的合理性吗？在太行山中匆匆行走的那个柔弱女子的精神中，何尝不也涌动着一种男儿的侠气？作为武乡的女儿，蒋殊对故乡献出的这一份礼物无限深情，无限沉重。同时，她的书写也突破了武乡，因为“这是一本献给武乡的书，也是献给所有被日军侵略过的中国大地的书。这是一本纪念在这片土地上牺牲的有名与无名烈士的书，也是献给所有为了中国抗日而牺牲的人们的书！如此，武乡就不仅仅是哪一个人的家乡，它是抗战岁月中，苦难中国的缩影”。

蒋殊的《重回 1937》特殊之处还在于，它是某种文化品格的综合与凝聚。在如此轻盈而忧伤的笔调中，渗透着冷峻与挺拔。以这样一种方式呈现出来，文字就带了一种长驱直入的、深入人心的力量。我们可以说，它们是一些很好的散文。同时又具有特定的史料价值。它对以前众多的抗战书写做了某种补充，提供了不少前人尚未发现的具体故事、人与细节。**这是一本以小人物穿越大历史的作品，彰显出老兵这样一个团体在抗战年代苍茫黄昏中的血色背影。**教科书中的历史都是梗概式的，整体的，宏大叙事的，很少见到那种个人的，细节的，局部的，微观的方式。那样的书写可以给我们带来对历史的基本了解与认识，但却因它的空洞不能够真正给我们以深刻细微的启示。离开这些小人物的血肉之躯，离开他们承受的苦难，压迫与抗争，历史就有可能变为一个干巴巴的僵死的木乃伊。

我们对历史变得越来越陌生，丧失了真正了解它走近它的内在动力。历史被遗忘成为必然，英雄被遗忘成为必然。

固然，蒋殊所进行的这种记录，不可避免会存在一些局限，比如，因为采访这些老兵时，他们年龄已经太大了，记忆力丧失，健忘，可能会回避许多更真实的存在，这也带来了记忆的某种局限性与不完整性，一个事件有开头有高潮有结尾，他可能只记得开头而忘记了结尾。这种记忆带来的不完整性与欠缺性既是生命的无奈，也是历史的无奈。但即便如此，把这些带有个人局限性的记忆抢救下来，记录下来，书写下来，被更多人看到，思考，依然弥足珍贵。这就是我们认为这本书具备的史料价值。它与蒋殊娓娓动听的叙述结合，散发出一种朴素而逼真的魅力。或许，这样的史料价值也未必能够改变多少人固有的看法，但是，**只要我们还活着，民族的耻辱与悲哀的记忆就不会泯灭，热血就会汹涌，意志与人格就会闪光，这本书就会有它存在的特殊价值。**

最后我要说，真正的写作，其实就是一种修行。作家在思想的波动中，体验着自己灵魂的冲突；在对文字精细的锤炼中，体会着自己精神的飞升。这次写作，对于蒋殊更是一种净化，也是一种超越。靠近伟大的人，也会追求伟大，用英雄的品格来提升自己，哺育自己，驱除我们内心深处的自私与狭隘，让我们放弃丑陋，在潜移默化中得到净化。看看她笔下那些老兵吧，“郭贵云，在当年的长乐滩大战现场，接受了我的采访，提起70年前逝去的年轻战友，他几度哽咽，默默落泪；魏太合，今天谈起当年的老班长，还是忍不住问我：孩子，你说他身上的27刀，一刀一刀，日本人是怎么扎下去的？当年野战医院的护士王桃儿，曾眼睁睁看着无数烈士的鲜

血，将蟠龙的石门、南郊的土地浸润得一片殷红。她在我面前长长叹息，‘他们都死了，我怎么还活着?’”还有，100岁的老兵李月胜坐在炕头摇晃着身子笑说当初：“怕也是个怕。”“当兵还怕死?怕死不当兵。”确实，英雄是一面闪光的镜子，照耀出我们的软弱。

什么叫英雄?就是让我们变得更像人的那些人。倘能做到如此，便可告慰九泉之下的英雄。

众说《重回 1937》

本书对抗战史提供了“微历史”的补白性作用。作品解剖了武乡这片土地上的老兵群体，与他们进行了细微的、精准的接触。对历史而言，这是一种毛绒绒水灵灵的感觉，能细腻地感受到肌肉的纹理。另外，作者书写有一种雄心，那就是让记忆对抗遗忘。这让我想起美军五星上将道格拉斯·麦克阿瑟的一句话：老兵不死，只是逐渐凋零。蒋殊写的是一个群体，但读时充盈着一种气，这种气是一以贯之的，阅读时有洗涤心灵作用，特别在这个红尘滚滚的时代，可以浇醒人们麻木的心。

——柳建伟　著名作家、茅盾文学奖获得者

小人物，蕴含大历史、大情怀。本书作者能走进这些被大多数人遗忘的普通老兵，而且是中国最后一批老兵，体现出一个作家的责任与担当，以及捕捉题材的敏锐视角与能力。通篇文章切入角度独特，语言温暖中透出沉重，灵动而不乏力量，在我们眼下已出版的图书中独树一帜。

——黄传会　著名报告文学作家、鲁迅文学奖获得者

这本书突破了概念化。山西抗战作品很多，但大多概念化。写抗战历史突破概念化很不容易，绝大多数作品中都要提到师旅团以

上的干部，都是概念中的人。《重回 1937》描写的全部都是普通老兵。普通老兵是什么样子，生活是什么样子，与我们什么关系，这就突破了概念，而不是一个概念中的旅团长。

——赵瑜　著名报告文学作家、鲁迅文学奖获得者

《重回 1937》在今天的文学创作中应该是被看重的一本书。蒋殊用最真实的接近，最真实地书写出当年的抗战故事，写出英雄的奋斗，英勇牺牲，对理想与信仰的追求，无比生动感人。作者正是从社会生活的发展过程中，从社会发展的深处给我们以新的展示，呈现出历史生活中中国老百姓是如何从苦难与危机中走到今天的。她写的是武乡的事，写的是老八路精神，是太行山，但价值与意义却是广泛的，对今天的文学创作界都有重要意义 。

——李炳银　著名评论家

书中有一篇文章是《曾祖父的墓碑》，作者选取的人物是“一介草民”，时间背景是宏阔的抗日战争，然而，作者拒绝了大的叙述、大的描写，回忆了“曾祖父喝一碗和子饭”的故事。拼凑出这个完整的故事的，不是作者，而是作者曾祖母、爷爷、奶奶、姑姑和母亲三代人的回忆，这个口口相传的故事，内核就是：曾祖父赴死的那种姿势——逆风而跑！回家吃饭！绝不当日本鬼子枪口下的饿死鬼！文中多个典型的细节传递出，这不是在写“一碗饭，一条命”，分明在写“中华民族的碗，中华民族的命”！

——蒋建伟　作家、评论家

蒋殊笔下的历史是一段英雄的历史，更是一段悲壮的历史。有光荣，有辉煌，有灾难，有痛苦。是当下纪实文学中一部非常优秀的作品，具有抢救的性质，是抢救历史，是非常珍贵的历史史料。文字也非常有感染力，她用独特的叙述把悲壮的历史写到人的心里，给读者留下刻骨铭心的记忆。

——李玉臻　著名学者

看这本书最初的感觉就是震撼，是对历史的打捞，是对太行人民伟大牺牲的打捞，也就是对历史的抢救，具有很强的现实的价值导向。《重回1937》是具有史诗般价值的讴歌八路军与太行革命根据地人民的作品，是呼唤与激励我们不忘初心、牢记使命的正能量力作。这部作品不仅是作者才情的展示，更是不忘家乡，对老兵，对历史，对新时代的深情献礼。

——边新文　诗人、历史文化研究者

这本书体现了蒋殊的责任感、现场感与“地气感”。她的责任感体现在她的采访中，创作宗旨中，以及字里行间；传统的田野调查式写作，又体现出一种现场感，这比从史料到史料的论证更有感染力与冲击力；从作品本身来说，文字非常朴实，体现出蒋殊写作的一种“地气感”。这是她的风格，也是从题材本身出发，因为她笔下的老兵、土地都是朴实的。这本书既可作为史料珍藏，又是一部很好的文学作品。

——杨占平　评论家

这本书一方面书写当年战争的残酷与苦难，同时她又把老兵当下的日常生存状态展示出来，把老兵当下的生存与当年历史记忆巧妙结合，给读者阅读时就形成很大的冲击力，有了历史的比较与对照。让我们站在今天的思想与文化的高度上去思考，如何重新回顾回首当年那段民族记忆。蒋殊以对家乡的热爱与家国情怀，既写了民族的历史苦难，更书写了一种以武乡抗战为载体的民族精神。这种正能量，让我想起文天祥的《正气歌》。蒋殊以她的《重回 1937》写出了武乡人的正气歌，写出了她自己的正气歌。

——王春林　评论家

相比于战争整体的宏大磅礴，蒋殊选取了看上去细小的庸常的属于个体的独特体验，让读者更具体地感知到历史，就像掀开了帘幕的一个缝隙，让我们触摸到历史这个庞然大物的体温。从这个意义上说，蒋殊所做的，是带有史诗意义的创作，这本书的价值和意义，已经超出了文学的范畴，有了史的意味，为我们留存了一组生动的标本，一段有纵向有横向，经纬交错时空穿越，历史与现实对接的真实可感的民族记忆。

——刘媛媛　评论家

蒋殊以柔软的凝视写了这本书，她不是为歌颂英雄，不是为了纪念历史，她只是在还原那个硝烟弥漫的恐惧。在民族的血泪史里，一个个小人物都是英雄，这也是蒋殊写这本书的意义。她的泛英雄化，实质上是对生命的敬重。蒋殊在人的意义上看英雄，看平民百姓。她一直在侧面描写，她写那些安静的、细小的瞬间，沉默与死亡，孤独与恐惧。她所选取的细节不是正面的民族大义，而是人性的细节。她还是一个将历史细节与采访现场细节叠加在一起的叙述者，现场情景构成了对历史的回声，这些细节又足以撕裂每一个生命。

——邓迪思　评论家

这本书的历史支点是成功的关键。蒋殊的历史观中，让我对孤独、温暖、生命都有了新的理解。这本书中老兵身上散发的孤独特别给我深刻的反思，同时也是在大温暖大孤独的笼罩下写成的。还有生命观，比如老兵李月胜说，“种地好，就是辛苦；当兵也好，就是要命”。这样的书写我无法总结，无法用一个准确的词去概括，就是会触动内心深处很多东西。蒋殊历史观的支点特别好。还有她的情感支点也特别好。《重回 1937》的情感支点是亲情、寻根的支点。使得这本书在平静之下有了历史的涌动，在历史涌动之下同时又有大的生命阳光的关怀，超越了许多目前抗战作品的历史观。本书的成功就在于历史支点与女性视野的双重力量。

——刘芳坤　评论家

蒋殊用两年的寻根和丈量，捧着一寸寸熟悉而陌生的故土，在老去的乡音里，复原暮年英雄的英姿和心路历程，在多半简陋的住所，质朴的生活里，在迟缓老迈的挪行中，体味热血的沸腾，壮烈的历史，回望红色沃土曾经苦难的风云。虽是散文之率真，亦如小说之细腻。读罢《重回 1937》，闭目泪奔，仰首无语。从此不愿到武乡，怕触碰伤痕累累的红色沃土；从此不敢到武乡，怕打扰长眠于斯的遍地英灵；从此不怕到武乡，魑魅魍魉为之失色，奸佞小人

为之胆寒，大地坚硬敦厚，子民日月昭昭，天下无敌矣！

——徐文胜　媒体人、评论家

翻开《重回1937》，才发现一个个老兵竟然就是村庄老农的模样，竟然就是那些曾经耕作在田间地头、蹲在房前屋后晒太阳的老人。我们或许曾经与他们中的谁擦肩而过。读这本书，便是读这些老兵，读他们的青春，读他们满身的伤痕，读他们负重前行到今天的心路历程。我是在一个夜里躺着读完的，合卷后才发现枕下湿了一片。起来洗把脸，重新躺下，但怎么也睡不着。今后如果有人问起老兵，我会毫不犹豫说出几个名字，比如王桃儿，比如魏太合，比如魏志堂，比如李月胜……在我心里，他们的名字与那些英雄一样闪亮，光辉！

——尹小华　作家、评论家

图书在版编目（CIP）数据

重回 1937 / 蒋殊著. —太原：山西经济出版社，2023.2

ISBN 978-7-5577-1122-1

Ⅰ. ①重… Ⅱ. ①蒋… Ⅲ. ①散文集—中国—当代 Ⅳ. ①I267

中国版本图书馆 CIP 数据核字(2023)第 018733 号

重回 1937
CHONGHUI 1937

著　　者: 蒋　殊
出 版 人: 张宝东
项目总监: 李慧平
出版策划: 陈彦玲
责任编辑: 吴　迪
助理编辑: 武文璇　杨　晨
装帧设计: 尚书堂
责任印制: 李　健

出 版 者: 山西出版传媒集团·山西经济出版社
社　　址: 太原市建设南路 21 号
邮　　编: 030012
电　　话: 0351-4922133（市场部）
0351-4922085（总编室）
E-mail: scb@sxjjcb.com（市场部）
zbs@sxjjcb.com（总编室）

经 销 者: 山西出版传媒集团·山西经济出版社
承 印 者: 山西出版传媒集团·山西人民印刷有限责任公司

开　　本: 787mm × 1092mm　1/16
印　　张: 18
字　　数: 200 千字
印　　数: 1—5000 册
版　　次: 2023 年 2 月　第 1 版
印　　次: 2023 年 2 月　第 1 次印刷
书　　号: ISBN 978-7-5577-1122-1
定　　价: 65.00 元